Dell'invenzione

Alessandro Manzoni

© 2023 Culturea Editions

Texte et illustration de couverture : © domaine public
Edition : Culturea (Hérault, 34)
Contact : infos@culturea.fr
Retrouvez notre catalogue sur http://culturea.fr
Imprimé en Allemagne par Books on Demand
Design typographique : Derek Murphy
Layout : Reedsy (https://reedsy.com/)

Dépôt légal : janvier 2023
Tous droits réservés pour tous pays

ISBN : 9791041845811

Dell'invenzione

Alessandro Manzoni

DIALOGO

Quod alicui adesse et abesse potest,

esse aliquid dabunt?

PLATO, in Sophista.

Andato stamani da un mio giovine amico, per far quattro chiacchiere, lo trovai che disputava con un suo coetaneo e amico di confidenza; come anch'io, per quanto lo permette la differenza dell'età, posso dirmi amico di confidenza di tutt'e due. Noto questa particolarità, affinchè il tono del dialogo non paia strano, come sarebbe certamente tra persone di semplice conoscenza. Entrando, sentii che il padrone di casa diceva: No, no; non vo avanti, se non si scioglie questo nodo.

Miracolo! diss'io: e su cosa si disputa questa volta?

Mera questione di parole, rispose l'altro: si parlava d'arti; e mi scappò detto che il poeta, e più in generale l'artista, crea. Lui, con un viso serio, tentenna la testa; come se ci fosse bisogno di negare ciò che nessuno ha voluto dire. È una maniera di parlare, che corre senza contrasto. Sicuro che, se uno la prende a rigor di termine, non c'è il verso di sostenerla e potete credere che non mi son fatto pregare a ritrattarla. Ma lui che, da quando s'è messo a legger libri di filosofia, cerca sempre il pelo nell'ovo, non è contento, come avete potuto sentire.

Giudicate voi, disse il primo, rivolgendosi a me, anche lui... Ma qui, ne Inquam et Inquit sæpius interponeretur, li metterò in scena addirittura, serbando a questo il nome diPrimo, che m'è uscito occasionalmente dalla penna, e dando, per analogia, all'altro quello di Secondo: che guai a me se mettessi in piazza i loro nomi veri.

PRIMO. - Giudicate voi. Per qualificare l'operazione propria dell'artista, mi dà una parola che, certamente, non se ne saprebbe immaginare una più efficace. Il male è che non fa al caso; e lui, non c'è che dire, l'ha ritrattata subito. Ma intanto ha promossa una questione interessantissima; e poi me la vuol lasciare in aria. Mette in campo: cosa faccia l'artista; e vuole ch'io mi contenti, quando m'ha detto cosa non fa. No, davvero: non posso andar avanti a ragionare su quell'operazione, se non so che sorte d'operazione sia. Voglio prima sapere cosa fa propriamente l'artista. Vi pare una questione di parole?

SECONDO. - Ebbene; dirò che inventa. A questa ci trovate eccezione?

PRIMO. - Se l'aveste adoprata nel discorso, in vece di quello sciagurato creare, passava benissimo; ma ora non serve più. È una parola che indica senza spiegare. Vale bensì a distinguere un'operazione da dell'altre, ma non a specificare in cosa consista: che è quello che cerchiamo ora. Per esempio, chi dice che il poeta differisce dallo storico, in quanto deve inventare, dice quanto basta a quell'intento; ma mi lascia ancora da cercare cosa fa il poeta, quando inventa... Vediamo, però: è una parola derivata; e delle volte, non sempre, nè ordinariamente, ma delle volte, l'intento di queste si vede più spiegato e più deciso, guardando quelle da cui sono derivate. Infatti: Inventare è un derivato da Inventum, o un frequentativo d'Invenire. Ecco: se mi volete dire espressamente che l'artista trova, sono contento; perchè c'è sottinteso, e sottinteso necessariamente, che l'oggetto era, prima che lui ci facesse sopra la sua operazione.

SECONDO. - Come era? Ciò che ha inventato lui, per la prima volta, era? Mettiamo un fiore di capriccio, un fiore che non è mai esistito in rerum natura, e che un pittore inventa, per collocarlo in un ornato. Era?

PRIMO. - Il fiore no; ma qui si tratta d'idee.

SECONDO. - Già; e così l'intendo. Quell'idea che, prima di lui, non era venuta in mente a nessuno...

PRIMO. - State all'erta; perchè, col dire che gli è venuta in mente, mi fate pensare che non vengono se non le cose che sono.

SECONDO. - Siamo qui noi, con quell'attaccarsi alle parole.

PRIMO. - Se m'indicate un altro manico per afferrar le vostre idee.

SECONDO. - Dirò dunque: quel fiore ideato, immaginato, escogitato, fantasticato da lui... Ci vuole una gran fatica con voi a trovar delle parole che non vadano soggette a processo. Cosa ridete ora, quello dal viso serio di dianzi?

PRIMO. - Rido appunto della fatica che dovete fare a trovar delle parole di mezzo tra due opposti che non ammettono mezzo veruno. V'ho avvertito di stare all'erta, perchè il linguaggio è pieno di trappole per chi sostiene la vostra tesi. Cosa volete? gli uomini sottintendono che l'idee sono, e fanno delle locuzioni analoghe a quello che sottintendono. Ma andate avanti.

SECONDO. - Vo avanti, sicuro; senza lasciarmi sviare dai vostri cavilli. Quel fiore ideato da lui per la prima volta, ho da dire che era già? Non ego.

PRIMO. - Pare di sì, poichè non vi sentite di dire che l'ha creato lui.

SECONDO. - Volete che la concluda in una parola? Sappiatemi dire dov'era, e vi concederò che era.

PRIMO. - Ohi che non vi pare abbastanza una questione alla volta (e intralciata, secondo voi), che volete intralciarla di più con un'altra? Vediamo prima se era; se troviamo che no, si risparmia l'altra questione; nell'altro caso, chi sa che, dopo, non ci riesca più facile di scioglierla? A ogni modo, non c'è niente come metter sull'arcolaio una matassa sola alla volta.

SECONDO. - Ebbene, dimostrate voi che quell'idea era.

PRIMO. - Son qui a tentarne la prova, se voi altri m'aiutate.

SECONDO. - Per me, non mi sento disposto, che a contradirvi.

PRIMO. - È una maniera, anche codesta, d'aiutare uno che cerchi la verità. E voi, che non dite nulla, da che parte siete?

- M'avete fatto giudice, rispos'io: devo stare a sentire fino alla fine, per non pregiudicare la sentenza.

PRIMO. - Vedete che bel pretesto, per non metterci la sua parte. Ora, poichè il difensore della tesi son io, bisogna che mi permettiate di prenderla per il mio verso. Io intendo d'andar per la strada corta; ma dovrà esser curva, poichè ci avete messa in mezzo una montagna da girare. Sicchè non mi richiamate alla questione, quando vi paia che non ci arrivi subito. Se alla fine rimarrò fuori del seminato, allora, par ricattarvi della vostra tolleranza, mi fischierete.,

SECONDO. - Senza misericordia.

PRIMO. - È giusto. Ditemi dunque, nemico mio carissimo; vi par egli impossibile che due artisti, uno a levante, l'altro a ponente, senza saper nulla l'uno dell'altro, inventino (adopro la parola neutrale) uno stesso stessissimo fiore, senza la più piccola differenza?

SECONDO. - Moralmente, dico subito che la cosa mi pare impossibile.

4

PRIMO. - Per l'amor del cielo, non c'impicciamo con avverbi che cambino il senso del termine principale. Non si tratta qui della probabilità che potrebbe determinare uno a fare o a non fare una scommessa. Si tratta di pura possibilità. Non c'è che una maniera d'essere impossibile: l'implicar contradizione. Vi domando se dal fatto d'avere un artista ideato un tal fiore, nasce in tutti gli altri uomini l'impossibilità d'idearlo tal quale.

SECONDO. - Prendendo la cosa così a rigore, non oserei dirlo; ma cosa volete? ci trovo una difficoltà insuperabile a ammettere che sia possibile.

PRIMO. - Allora bisogna analizzare la difficoltà; perchè, o la troviamo insuperabile davvero, e dovrò darmi vinto; o troviamo che è una difficoltà apparente, e bisognerà lasciarla da una parte, e badare che non ricomparisca sott'altra forma. Vediamo dunque: se dicessi che que' due fiori possono somigliarsi in qualche parte, cioè essere in alcune parti lo stesso, vi farebbe difficoltà ugualmente?

SECONDO. - Non me ne farebbe punto.

PRIMO. - Anzi sarebbe strano il dire che due cose inventate da due soggetti dovessero esser diversi in ogni minima parte. Non è vero?

SECONDO. - Verissimo.

PRIMO. - Per comodo del ragionamento, dividiamo astrattamente questi fiori in un numero di parti: venti, par esempio. Se dico che tre di queste non potranno esser le stesse ne' due fiori, ci trovate repugnanza?

SECONDO. - No.

PRIMO. - Ora, questo potere le tre parti esser le stesse, vi par che nasca da una possibilità particolare a quelle?

SECONDO. - Non si potrebbe dire.

PRIMO. - Infatti, noi non abbiamo attribuito nulla di proprio ad alcuna di esse; non le conosciamo che come parti, e non abbiamo alcun motivo razionale per negare dell'una ciò che affermeremmo dell'altra. Resta dunque che questa possibilità sia in tutte ugualmente. Ora, se questa possibilità è in ciascheduna parte, ne viene direttamente la possibilità che il tutto de' due fiori sia lo stesso.

SECONDO. - Ma qui è appunto la difficoltà: il tutto.

PRIMO. - Che difficoltà è codesta, della quale non potete addurre i motivi? E sapete perchè? Perchè è una difficoltà che non viene dalla cosa, ma dal vostro modo di prenderla. Viene dall'applicar che fate, senza accorgervene, de' calcoli di probabilità a una questione di mera possibilità. E ve lo posso dire senza riguardi, perchè sono stato un pezzo anch'io in quella mota; e ce ne volle di

5

molta a farmene uscire. Via, un'altra stratta, e son certo che n'uscirete più presto di quello che ho fatto io. Se alle tre parti che m'avete concesse, vi chiedo d'aggiungerne una quarta, che ragione potete trovare per dirmi di no? Ci ha lo stesso diritto dell'altre tre. Così vi strascino fino alla diciannovesima inclusive, parendo sempre che la difficoltà cresca, ma parendo, non altro. All'ultima poi, quivi le strida; lì è lo sforzo, il gran salto, perchè è quella che deve compire il miracolo. Ma che sforzo? che salto? che miracolo? È una parte come l'altre; e questo esser la ventesima, e venir per l'ultima, non è una sua qualità, una condizione della sua natura; è un numero che ci abbiamo attaccato noi, senza pensar con questo di differenziarla punto dall'altre. Guardatela in sè: non c'è nulla in essa che vi dica che ne sono già passate diciannove: non ci vedete altro che la stessa possibilità, intrinseca, inerente; inseparabile. Tanto è vero, che posso cambiarvela in mano, dire che mi pento d'averla tenuta per l'ultima, trasportarla tra quelle prime tre, che m'avete concesse, e mettere una di queste all'ultimo posto, senza che voi possiate trovarci a ridire. Dunque, aver provato che il fiore inventato dai due artisti può esser lo stesso in ciascheduna parte, è aver provato che può esser lo stesso nel tutto. Quantunque, non c'era nemmen bisogno di prova, giacche, in fondo, me l'avete concesso alla prima. Dicendomi che la cosa vi pareva moralmente impossibile, che altro volevate dire, se non che vi pareva sommamente difficile a realizzarsi? E difficile, in qualunque grado, vuol sempre dire possibile.

SECONDO. - E volete concludere?...

PRIMO. - Che è sciolta la questione principale.

SECONDO. - Non vedo tanto, io.

PRIMO. - Siamo tra un possibile e un impossibile; cosa volete di più? I nostri due artisti hanno, cioè possono avere, che qui è tutt'uno, una stessa idea d'un fiore d'invenzione. Questa idea o era o non era prima che nessuno di loro l'avesse. Se era, l'hanno, per averla trovata tutt'e due: ecco la cosa possibile. Se vogliamo dire che non era, dovremo dire che l'hanno fatta loro: ecco la cosa impossibile. Chè qui non ci metterete distinzione veruna per dire impossibile che una stessa e sola cosa sia fatta da due, tutta da ciascheduno.

SECONDO. - Adagio. Qui c'è un equivoco.

PRIMO. - Ah! un equivoco. Ecco se non lo fate anche voi il processo alle parole. E non lo dico per lamentarmene: così va fatto. Ma dov'è l'equivoco?

SECONDO. - Altro è dire: una stessa cosa; altro è dire: una cosa sola; e voi ne fate un tutt'uno. Ma se vi domando, per esempio, quanto vi costa questo libro, e mi dite cinque franchi; e io vi rispondo che l'ho avuto anch'io per lo stesso prezzo; non vuol dire che i cinque franchi che avete pagati voi, e i cinque franchi che ho pagati io, siano una cosa sola.

PRIMO. - I vostri cinque franchi materiali, e i miei materiali ugualmente, no dicerto; ma l'idea del prezzo è dicerto una sola. E anche l'idea di cinque franchi: tanto è vero, che voi avete potuto pagarli con un pezzo da cinque franchi, e io con cinque pezzi da un franco; eppure e voi dicendo questa parola, e io sentendola, abbiamo avuta la stessa, cioè una sola idea, perché in essa era fatta astrazione da quella differenza.

SECONDO. - Mi pare che la cosa si possa veder meglio nel primo esempio. Ecco suppongo che i due artisti hanno eseguito ognuno il suo disegno; e che i due lavori sono riusciti perfettamente simili come erano simili le due idee. Ce li presentano; e noi guardando l'uno e l'altro, esclamiamo: Pare impossibile! Proprio la stessa cosa, senza la differenza d'un punto. Vogliamo dire che sono un oggetto solo?

PRIMO. - Siamo ancora lì. L'opere materiali in cui è realizzata l'idea, sono due; ma l'idea è una. E volete vedere ancora più chiaramente questa differenza? Ne butto uno nel foco: potete dire che quello che è bruciato, e quello che è intatto, siano uno solo? Fate un poco uno scherzo di questa sorte all'idea.

SECONDO. - Glielo fo benissimo. Suppongo che, prima di risolversi a metterla in un disegno materiale, uno degli artisti se la sia dimenticata, mentre l'altro l'ha ritenuta benissimo. Potete dire che quella che là non c'è più, e qui c'è ancora, sia un'idea sola?

PRIMO. - Non solo posso, ma devo dire,che quella che è stata dimenticata là, e è ritenuta qui, è un'idea sola. Vi par egli che esser dimenticato equivalga a non esserci più? So, e ne ringrazio Dio e voi, che mi volete bene, e che, per conseguenza, vi rammentate spesso di me, anche da lontano; ma avrei a star fresco se, ogni volta che v'esco di mente, fosse come esser buttato nel foco. Badate: io posso dir con voi: l'idea del fiore non è più là; ma è ancora qui. Potete voi dire: il disegno è bruciato là nel cammino, ed è ancora qui intatto? Suppongo che all'artista dimenticatore l'idea ritorna in mente; e dico: è quella; anzi l'ho già detto nell'enunciato medesimo della supposizione. Potete bensì supporre anche voi, che l'autore del disegno stato bruciato, ne faccia uno novo, e affatto simile; ma potete dire: è quello?... Però, sì; lo potete dire; ma appunto questo poterlo è una chiarissima e fortissima prova della verità che impugnate. Di grazia, statemi attento qui particolarmente; anzi statemi al pelo, per vedere se dico una cosa vera, e se ne cavo una conseguenza giusta. La cosa che voglio dire è questa. Voi potete enunciare quel doppio fatto in due maniere diversissime, anzi affatto opposte, facendo però intendere la stessa cosa, senza che ne nasca la più piccola ambiguità. Potete dire, come ho detto io dianzi il disegno è stato bruciato; ma l'autore ne ha fatto un altro affatto simile. E allora voi usate le parole nel senso proprio; chiamate due ciò che è due. Ma potete anche dire: il disegno è stato bruciato; ma l'autore l'ha rifatto. E all'autore che ve lo fa vedere, potete dire: ma bravo! son proprio contento di vederlo ancora quel disegno, che mi sapeva tanto male che fosse perito: è quello, non c'è che dire. Allora, però, parlate figuratamente, poichè date un nome che importa unità a due cose distinte: una che fa, l'altra che è. E non gliel date già per sbaglio, nè per volontà d'ingannare, poiché nel discorso medesimo affermate questa duplicità, dimanierachè, nel termine medesimo di cui vi servite per chiamarle uno, c'è implicito il paragone dell'una con l'altra. Vi par vero tutto questo?

SECONDO. - Non ci trovo che ridire, e aspetto la conseguenza.

PRIMO. - Cos'è, ditemi dunque, che vi dà il diritto, cos'è che vi mette in mente, cos'è che vi rende capace di dare il nome d'uno a due cose? Cos'è, se non l'unità, l'identità dell'idea realizzata in tutt'e due. Unità tanto connaturale all'idea, che l'attestate col linguaggio medesimo di cui volete servirvi per negarla; e tanto propria dell'idea, che la trasferite a due cose materiali, senza riguardo, senza paura, come senza pericolo d'esser franteso, e che qualcheduno creda che prendiate davvero più cose per una. Cos'è, se non questa, l'uni tertio, che vi fa, dire sunt eadem inter se? Cos'è che vi fa dire, del distrutto e del sano: è lo stesso? e ve lo fa dire nell'atto medesimo che gli opponete l'uno all'altro, se non l'idea che è la stessa, val a dire una, indistruttibile, incorruttibile, immutabile?

SECONDO. - Ero lì per darvi ragione; ma con questa nova pretensione dell'immutabilità...

PRIMO. - Pretensione, la chiamate?

SECONDO. - E che pretensione! Perchè vi pare d'aver acquistato terreno (e fino a un certo segno, non dico che non sia vero), credete di poter far passare qualunque paradosso. Come! un'idea la quale non è altro che il resultato d'una serie di mutazioni, giacchè posso supporre benissimo che l'artista non abbia ideato alla prima il fiore in quella forma della quale è rimasto contento; ma che ci sia arrivato dopo diversi tentativi, dopo diverse prove...

PRIMO. - Anzi, fate benissimo a supporre così.

SECONDO. - Dunque!

PRIMO. - Dunque?

SECONDO. - Dunque l'artista ha concepito alla prima il fiore in una maniera; poi non n'è stato contento, e ha detto: bisogna mutar qui; poi ha trovato che bisognava mutar là; s'è fermato finalmente perchè ha voluto, perchè l'idea gli è piaciuta in quella forma. E quell'idea mutata e rimutata le cento volte, è diventata tutt'a un tratto immutabile?

PRIMO. - Badate che voi non fate altro che, moltiplicare la vostra affermazione. Avevate detto che la mutazione dell'idea è possibile; ora dite che è avvenuta molte volte; ma non dimostrate qui il fatto, più di quello che n'aveste dimostrata la possibilità. Che l'artista abbia fatto una sequela d'operazioni, non c'è dubbio; ma che con queste operazioni abbia mutata l'idea, è ciò che dovete tentar di dimostrare.

SECONDO. - Ma non è evidente?

PRIMO. - Come volete che sia evidente ciò che è impossibile? Fate così: non c'è niente come l'esperimentare. Provate voi a fare una di queste operazioni, e poi dimostratemi che avete mutata l'idea.

SECONDO. - Mi pare che non ci sia nulla di più facile. Ecco: sono io l'artista; mi piaceva il fiore come l'aveva ideato, ma, ripensandoci, trovo che c'è una foglia che non fa bon effetto; e gliela levo.

PRIMO. - E vi pare d'aver mutata l'idea?

SECONDO. - No?

PRIMO. - Vi dico che bisogna dimostrarmelo. E come fate a dimostrarmi che, dopo codesta operazione, l'idea non è più quella?

SECONDO. - Oh bella! confrontandola, con l'idea di prima.

PRIMO. - Con l'idea di prima? C'è dunque ancora l'idea di prima?

SECONDO. - ... Che me l'aveste fatta?

PRIMO. - C'è, tale quale, a capello, a un puntino, poichè ve ne servite per dimostrare che quest'altra è diversa.

SECONDO. - Quando vi dico che me l'avete fatta.

PRIMO. - Certo, se vi fosse riuscito di levarle quella fogliuzza, il gioco era fatto; l'idea era bell'e mutata. Ma come si fa a levare una foglia a un'idea, quando l'idea era belle mutata. Ma come si fa a levare una foglia a un'idea, quando l'idee non hanno foglie?

SECONDO. - Ma se vi dico che insisto.

PRIMO. - Tutta la vostra operazione, riguardo a quell'idea, fu di rimovere il pensiero da essa, per rivolgerlo a un'altra. Avete mutato idea; non avete mutata l'idea.

SECONDO. - Volete finirla?

PRIMO. - Non già che tutte quelle mutazioni non siano possibili. Sono possibilissime, ma nelle cose. Il male è che l'idee non sono cose. Tutto lo scandolo viene di lì.

SECONDO. - Ho inteso, ho inteso, ho inteso.

PRIMO. - Videbimus infra. Lo so io, e per mia propria esperienza, come v'ho già detto, lo so io, certe verità troppo evidenti, quante volte bisogna credere d'averle intese, prima d'intenderle davvero; quanto ci voglia a imparare ciò che si sa di più; chi non ci sia arrivato da sè.

SECONDO. - Codesto è un mistero che mi spiegherete poi.

PRIMO. - Si spiegherà da sè, se non vi secca d'andare avanti.

SECONDO. - Anzi, ci ho preso gusto. Son io ora, che voglio andare avanti; o piuttosto tornare indietro, per rivedere i conti. Sono stato un sempliciotto io a lasciarmi mettere tra quel dilemma: o creare, o trovare. Sicuro che, una volta lì, tra il dire o uno sproposito enorme, o ciò che volete voi, avete fatto di me a modo vostro. Dovevo dire, e lo dico ora, che l'artista nè crea, nè trova, ma mette insieme, compone.

PRIMO. - L'idea?

SECONDO. - Perchè no?

PRIMO. - Perchè l'idee sono semplici.

SECONDO. - Qui poi ho il fatto per me. Potrebbe l'artista ideare il suo fiore, se non avesse mai visto fiori, o almeno se non avesse mai visto nè forme corporee, nè colori?

PRIMO. - No di certo; ma, di novo, non intralciamo la questione con altre questioni, tutt'altro che estranee, ma non necessarie. Vediamo il fatto che fa per voi.

SECONDO. - Viene appunto di lì. Per aver visto forme e colori, e in ispecie per aver visto fiori, il nostro artista può prendere da un fiore reale la forma, per esempio, de' petali del suo fiore, da un altro il colore, da un altro la disposizione, e così del rimanente. Non voglio dire che prenda ogni cosa da fiori reali. Potrà anche inventare una forma di petali, di foglie, che non sia quella di nessun petalo, di nessuna foglia reale. E allora, vedo bene anch'io, che fa un'operazione diversa. Ma cosa fa? Deduce il verosimile dal vero; imita la natura, senza copiarla. E dedurre, imitare, non è nè creare, nè trovare.

PRIMO. - Non sarà meglio che vediamo una cosa alla volta?

SECONDO. - Così l'intendo. E dunque, al comporre cosa ci avete a dire?

10

PRIMO. - Che bisogna venire all'esperimento, come nella storia delle mutazioni di dianzi.

SECONDO. - All'esperimento? Ma il poco che ho detto io ora (e vedete quanto ci si potrebbe aggiungere) non è l'esperimento medesimo?

PRIMO. - Ci manca la verificazione, niente meno. Ditemi, di grazia: non è egli vero che ciò che è composto si deve poter decomporlo? e che, decomposto che sia, non è più nella forma di prima?

SECONDO. - Verissimo.

PRIMO. - Ecco dunque ciò che ci vuole per render compito l'esperimento: decomporre. E lì v'aspetto.

SECONDO. - Non so cosa vogliate dire con codesto veto così tracotante. Levo al fiore ideale, a una a una, le parti con cui era stato composto: che non l'ho decomposto?

PRIMO. - Avete fatto un bel servizio, per vincere il vostro puntiglio. Quel povero artista, dopo tanto studio, dopo tante prove, e tutto per avere un disegno da eseguire, è bell'e servito. Come farà ora, che l'idea con la quale sola poteva eseguirlo, non c'è più, perchè gliel'avete fatta in pezzi?

SECONDO. - Ma era dunque un'altra insidia?

PRIMO. - Sono le care insidie della verità. E insidie proprio nel senso primitivo della parola; perchè la verità, quando si vuole scacciarla fuori della mente, ci s'appiatta, insidet, finchè venga l'occasione di saltar fuori. Ma sempre per far del bene: come vedete che ha fatto ora, col mantenere a quel povero artista la sua idea, indecomposta e indecomponibile, come dianzi immutata e immutabile.

SECONDO. - Prima che mi ci cogliate un'altra volta!

PRIMO. - Ogni volta che in un'idea vorrete trovare le condizioni delle cose reali, siate pur certo che ci rimarrete colto. Sicchè dipende da voi. Il tutto sta nell'intendere che l'idee non sono cose. Ma, come sapete, il peggio passo che sia è sempre quello dell'uscio. Lo so per esperienza, vi dico. Intanto potete convincervi che quella vostra osservazione = l'artista non avrebbe potuto ideare il suo fiore, se non avesse mai visto fiori, o almeno forme corporee = non conclude nulla: al nostro proposito speciale, s'intende; chè, alla teoria della cognizione, eccome conclude! Ma al nostro proposito speciale non conclude, perchè noi non cerchiamo quali siano gli antecedenti necessari affinchè l'artista potesse ottener l'idea di quel fiore possibile; cercavamo se questa avesse avuto origine da un'operazione dell'artista, e, in questo momento, da una sua composizione. E l'esperimento ci ha detto di no.

SECONDO. - Però, dicendo = fiore possibile =, supponiamo che potrebbe esistere realmente. E allora non sarebbe composto?

PRIMO. - E che perciò? Vorreste forse dire che l'idea di esso sarebbe meno semplice? Siamo ancora al di qua dell'uscio. Non è per essere idea d'un meramente possibile o d'un reale, d'un semplice o d'un composto, che l'idea è semplice; è per essere idea. Il botanico che decompone realmente un fiore reale, per acquistarne un'idea più compita, e accompagna, anzi dirige col pensiero la sua operazione materiale, sarebbe accomodato bene se, volendo paragonare la nova e più ricca idea con l'anteriore, questa non la trovasse più, perchè fosse stata fatta in pezzi, e sparpagliata qua e là, insieme col fiore reale. Eh via! Ingrato che siete. In vece di negare all'idea i suoi innegabili attributi, dovreste ringraziarla inginocchioni, che, rimanendovi presente, nella sua immortale semplicità, vi dia il mezzo, l'unico mezzo di riconoscere, in tanti pezzetti di materia, le parti d'un tutto che non è più. Anzi l'unico mezzo per poter dire a voi stesso: ho notomizzato un fiore.

SECONDO. - Ma allora ci sarebbero idee semplici di cose composte.

PRIMO. - S'intende.

SECONDO. - E non c'è contradizione?

PRIMO. - Contradizione nel fatto? Le cose materiali sono composte: tant'è vero, che si decompongono. L'idee sono semplici; tant'è vero, che, quando vi siete immaginato d'aver decomposta un'idea, trovate di non aver fatto nulla. Noi abbiamo idee di cose materiali. Potete negare nessuna di queste proposizioni?

SECONDO. - E come si può conciliarle?

PRIMO. - Bella questione e, anch'essa, non estranea, ma neppur necessaria alla nostra. Tutte le soluzioni, chi ci stia sopra, dopo essersene servito all'intento per cui le cercava, conducono a de' novi problemi, fino a quelle altissime che, trovate da intelletti privilegiati, li lasciano, dirò così, appiedi d'un mistero incomprensibile e innegabile, lieti del vero veduto, lieti non meno di confessare un vero infinito. E questo esser costretti a spezzare lo scibile in tante questioni; questo vedere come tante verità nella verità che è una, e in tutte vedere la mancanza, e insieme la possibilità, anzi la necessità d'un compimento; questo spingerci, lasciatemi dire ancora, che fa ognuna di queste verità verso dell' altre; questo ignorare, che pullula dal sapere, questa curiosità che nasce dalla scoperta, come è l'effetto naturale della nostra limitazione, è anche il mezzo per cui arriviamo a riconoscere quell'unità che non possiamo abbracciare. Sicchè tanto meglio se queste nostre chiacchiere vi lasciano la curiosità di conoscere più di quello che richiede la nostra questione, e soprattutto, di quello che potrei dirvi io. Vuol dire che studieremo filosofia insieme. Intanto dobbiamo osservare se le soluzioni richieste dall'argomento, anche lasciandoci delle curiosità, non ci lasciano però alcun dubbio; dobbiamo assicurarci che i fatti siano certi e provanti, senza curarci per ora come si possano, anzi neppure se si possano spiegare; e arrivar così, per una strada angusta ma sicura, alla soluzione finale della nostra questione. Cercavamo e cerchiamo cosa fa l'artista quando inventa: e abbiam visto subito, che l'oggetto della sua operazione era un'idea; e quindi, che, per conoscere la qualità dell'operazione, bisognava, prima di tutto, esaminare se l'idea, oggetto e termine di essa, era anteriore ad essa, o no. Non volendo dir di sì, e non volendo neppur dire che l'idea sia creata dall'artista, voi avete proposti diversi modi d'operazione, coi quali vi pare che si possano schivare que' due punti opposti. Il modo che s'è discusso in questo momento, era che l'artista avesse composta l'idea. Io credo d'aver dimostrato col fatto, che ciò è impossibile. Se non avete argomenti per abbattere questa dimostrazione, possiamo passare a discutere un altro de' modi proposti da voi. Avete detto che l'artista può anche dedurre il suo fiore ideale da de' fiori reali, o da altre cose corporee. Questione che confina anch'essa con molt'altre e tutte belle questioni; ma che si può anche considerare separatamente, e restringerla ne' limiti convenienti al progresso della nostra discussione. E lo fo col domandarvi se nell'idea dell'artista c'è di più che nelle cose da cui la dite dedotta.

SECONDO. - Dicerto: altrimenti non si potrebbe chiamare invenzione.

PRIMO. - Ottimamente; ma allora vi domando se questo dipiù o era, e l'artista non ha fatto altro che trovarlo; o non era, e l'ha creato lui.

SECONDO. - Ma quando si dice dedurre, non s'intende ricavare una cosa da un'altra?

PRIMO. - Intendere che si ricavi una cosa di dove non è? Codesto, mai. Perchè, badate: non v'ho domandato se da una cosa reale si possa ricavare l'idea della cosa medesima. Anzi v'è potuto parere, contro la mia intenzione, che questo lo dessi per inteso, poichè vi domandavo solamente se, nell'idea dell'artista, c'era di più. Ma ho parlato così ad hominem, e per arrivare subito, e senza inciampi, a un dipiù che non poteste negare, che doveste riconoscere e porre voi medesimo. Via, volete dunque dirmi se questo dipiù, l'artista lo trova o lo crea?

SECONDO. - E vedo che mi metterete in campo un argomento dello stesso genere, anche sull'imitare.

PRIMO. - Sicuramente. Vi domanderò se, nell'idea imitatrice, c'è qualcosa di diverso della cosa imitata; e questo diverso, dove l'artista lo prenda.

SECONDO. - Dunque non si potrà più dire ragionevolmente, che uno deduce, che uno imita?

PRIMO. - Si potrà dire benissimo, purché non s'intenda di dire un impossibile.

SECONDO. - E cos'è il possibile in questi casi?

PRIMO. - Il fatto: volete di più? È, o non è un fatto, che la nostra mente passa dalla contemplazione d'un'idea alla contemplazione d'un'altra?

SECONDO. - Senza dubbio.

PRIMO. - Ora, questo è ciò che accade in quello che avete chiamato mutare, in quello che avete chiamato comporre, in quello che chiamate dedurre e imitare. C'è altro in tutto questo, che successioni d'idee? E se poteste dubitarne, la prova è subito fatta. Osservate, sorprendete, dirò così, qualsisia di queste operazioni, in qualsisia momento; e troverete che s'esercita intorno a un'idea. Idea che potete, a piacer vostro, levar dalla serie, e considerarla in sè e da sè, indipendentemente dall' altre. In quanto al mutare, già l'abbiamo visto. In quanto al comporre, il gambo che il nostro artista ha pensato, mettiamo, per la prima cosa, nell'ideare il suo fiore, è, o non è un'idea? Una foglia che ha pensata, per attaccarla idealmente a quel gambo, è, o non è un'altra idea? Quel gambo, con aggiunta quella, foglia, è, o non è una terza idea? E via discorrendo. Ognuna lo è tanto, che ho potuto parlarvi d'ognuna separatamente; e ci siamo intesi ogni volta. E in quanto al dedurre e all'imitare, ci trovate voi altro, nel caso dell'invenzione artistica, se non un continuo avvicendarsi d'idee di cose reali, e d'idee di meri possibili? Sicuro, che anche questi fatti devono far nascere delle curiosità.

SECONDO. - E più che curiosità; poichè si tratta di vedere come mai possa non esserci contradizione, per esempio, in codesto esser l'idea d'un gambo, l'idea d'una foglia, eccetera, comprese nell'idea d'un fiore, rimanendo quelle altrettante idee, e rimanendo questa un'idea sola. In verità, è un po' forte.

PRIMO. - Perchè dunque la dite?

SECONDO. - Come, la dico?

PRIMO. - Con le parole di cui vi servite per negarla. Non avete voi detto ora: l'idea d'un gambo, l'idea d'una foglia, l'idea d'un fiore? E non siete con ciò venuto a dire che quelle sono comprese in questa, e che nondimeno e quelle e questa sono altrettante idee? Vedete voi dov'è la vera contradizione? È tra un atto primo, e un'operazione successiva della vostra mente; tra il vostro linguaggio e i vostri argomenti. Nominate l'idee come idee (fate altrimenti, se potete), e poi ne ragionate come di cose. Supponete tacitamente, ma perpetuamente, nel semplice, le condizioni del composto, e vi pare strano che n'esca qualcosa di strano; che è anzi un effetto naturalissimo. Ma già, è il passo dell'uscio: so quanto è costato anche a me. Intanto vi ripeto che non si tratta qui punto di spiegare tutto ciò che possa, nel nostro discorso, cadere di spiegabile. Avreste un bell'interprete. Sicchè in quanto alla curiosità che passa la questione, vi dirò, per un dipiù, e perchè siamo amici, che e codesto che vi fa difficoltà e, insieme con esso, dell'altro molto, è stato mirabilmente spiegato. In quanto alla questione poi, e come avversario, vi ripeto che mi basta, e vi deve bastare, l'irrepugnabilità de' fatti, e l'evidenza delle conclusioni. Anzi, ora che ci bado, quest'ultimi fatti, non c'era neppur bisogno di farne menzione; giacchè, avendovi io domandato di dove potesse esser venuto il dipiù e il diverso che è nell'idea dell'artista, la nostra questione era ridotta ai minimi termini, o piuttosto a uno de' molti suoi minimi termini. M'ero lasciato condurre anch'io dalla vostra curiosità in alto mare, lontano dalla riva che dobbiamo costeggiare, in piccioletta barca, e con un piloto par mio. Orsù; non vi par egli che si possa finalmente concludere? Gira e rigira, prova e riprova, ci siamo sempre trovati, e ci troviamo ancora, al punto di prima, al monologo di Hamlet: «Essere o non essere: tale è la questione.» Che è appunto il pettine a cui vengono in ultimo tutti i nodi. O l'idea era prima dell'operazione o dell'operazioni dell'artista, o non era. Tutte queste operazioni che si sono ripassate, non le abbiamo potute considerare che in due maniere: o come mezzi di produrre, di far essere l'idea; e siamo sempre riusciti all'assurdo, repugnando a questo la natura dell'idea. O le abbiamo considerate come mezzi di render presente alla mente un'idea, e, per conseguenza, un'idea che era; e allora il resultato è stato conforme alla natura dell'idea, come all'efficacia dell'operazioni. O una creazione impossibile, o un possibilissimo ritrovamento. Vi pare di potervi decidere? o avete altri argomenti

SECONDO. - Altri argomenti non ce n'ho; ma...

PRIMO. - Ma che?

SECONDO. - Ve l'ho a dire?

PRIMO. - Sicuro, poichè la pensate.

SECONDO. - Se tutto questo non foss'altro che de' giocherelli di logica?

PRIMO. - O diamine! Che la logica fosse un gioco! Che la ragione non avesse un istrumento per discernere il vero dal falso! Che l'uno fosse un'illusione come l'altro!

SECONDO. - Alto là! cosa mi fate dire? Non ho detto punto che la logica sia un gioco: ho detto bensì che, con la logica si fanno de' giocherelli.

PRIMO. - Ah! volete dunque dire che la logica somministra degli argomenti sodi, efficaci, i quali, applicati alla verità, la fanno apparir più distinta e splendida; e, applicati all'errore, lo fanno svanire.

SECONDO. - V'ho dato motivo di credere che volessi dire il contrario?

PRIMO. - E perchè dunque non vi servite di questi argomenti, per fare in pezzi i miei giocherelli? V'assicuro che, se fosse come dite, mi fareste un gran servizio a farmi conoscere il mio inganno, perchè non ho inteso punto di giocare, io. E voi medesimo, mi pare che la prendeste sul serio, finchè credevate d'avere argomenti a convincermi. Se a cercar nell'idee ciò che è proprio dell'idee, paiono giocherelli, la colpa, lasciatevelo ripetere, è di chi vorrebbe trovarci ciò che è proprio delle cose reali. State a vedere che i fatti dell'idee non saranno fatti come gli altri, da doversi riconoscere quando non si possano negare. Eh via! è una scappatoia molto comune; ma non è degna di voi. O dimostrate che l'artista ha potuto aver l'idea del fiore, senza che questa fosse, e senza averla fatta lui; o dite una volta che era.

SECONDO. - Ebbene, ve lo concedo. Ma bisogna assolutamente che ve ne dica insieme un'altra. E vi spiegherà quella che v'ha tanto scandalizzato. Ve lo concedo; ma non so neppur io cosa v'abbia concesso. Mi pare d'aver sottoscritto un bianco, col coltello alla gola. Ecco perchè ho detto che mi paiono giocherelli. Mi son trovato circuìto, sono stato cacciato di luogo in luogo, spinto... a che? A una conclusione che non intendevo, e che non intendo. Quando dico ch'io sono, oh perbacco! so quello che dico. Quando dico che voi altri siete, che queste seggiole, questo tavolino, questi libri, sono; so ancora quello che dico. E vengano pure certi filosofi per dimostrarmi che è una mia illusione. Senza rispondere ai loro argomenti, dico: sia pure un'illusione; è un'illusione che ho. Ma quando ho detto: l'idea era; cos'ho detto? Cos'è quest'essere diverso dell'essere che tutti intendono? Basta; se volevate farmelo dire, l'ho detto. Siete contento? Ora m'avrete a dire, secondo i nostri patti, dov'era l'idea prima che fosse presente all'artista. Chi sa che lì ci si veda un po' più chiaro!

PRIMO. - Per quanto mi riguarda me, come non sarei contento? Più di darmela vinta! È voi, che non so come lo possiate essere. Non poter negare una cosa e non volerla concedere davvero! Vi fermate in un cattivo posto.

SECONDO. - E non me ne fate uscire. È inutile: quello che non intendo, non l'intendo. Orsù ditemi dov'era questa benedetta idea.

PRIMO. - Costì poi, tocca a voi a mettermi per la strada.

SECONDO. - Per qual ragione, a me?

PRIMO. - Non siete voi quello che, subito, al principio del nostro discorso, trovavate tanto strano il dire che l'idea del fiore era, prima che l'artista l'avesse inventata? Non era su quel prima, che cadevano le vostre esclamazioni? Mi pare che, con questo, veniste a dire implicitamente, che, dopo l'invenzione dell'artista l'idea ci doveva essere.

SECONDO. - Sono cose curiose davvero. Un momento fa ho detto, e non mi ridico ora, che non intendevo punto che l'idea fosse; e ora deva riconoscere che, in quelle mie parole, c'era proprio implicita quest'affermazione.

PRIMO. - E il riconoscer voi medesimo un tal contrasto, è un'alzata di piede per fare il passo dell'uscio. Chi sa che, una mattina, non troviate d'averlo fatto, quando meno ci pensavate? Ma questo sia detto tra parentesi, perchè ora siamo nell'altra questione. Vo dunque avanti, e aggiungo: non siete voi quello che m'avete detto, in altri termini, ma in sostanza m'avete detto che, se sapevo che l'idea del fiore era prima d'essere inventata dall'artista, dovevo anche saper dire dov'era?

SECONDO. - Vero anche questo. Vedete che sono di buona fede.

PRIMO. - Dunque anche voi dovete ora sapermi dire dov'è, dopo che l'artista l'ha inventata. E non sarà questo un mettermi per la strada? Quando avremo colta l'idea in un dato luogo, potremo forse ricavarne un qualche indizio per conoscere dove bazzichi, che sorte di luoghi frequenti e arrivar così a scoprire dov'era prima.

SECONDO. - Curiose le cose, e curioso voi. Non è però meno vero, che, per non essere in contradizione con me stesso, qualcosa devo dire. E, per fortuna, la ho la cosa da dire, tanto per uscirne. Anzi l'ho già detta; e voi, non che ribatterla, mi volevate prendere in parola. E l'avete detta anche voi più d'una volta, in diverse forme, nel corso del ragionamento. Dirò dunque, che, dopo l'invenzione dell'artista, l'idea del fiore è in mente all'artista. Vediamo se ora ci avete che dire.

PRIMO. - Tutt'altro. Solamente è una cosa che ha bisogno d'essere spiegata un po' più. In mente, è benissimo detto; è quello che dicono tutti; ma è molto indeterminato. Se, per esempio, voi giraste in cerca di questo nostro amico, che sta qui attento, e non vuol mai dir la sua, e se, incontrandomi in vece me, mi domandaste se so dove sia; e vi rispondessi che è in questo mondo, vi darei soddisfazione? Vi rammenterete forse quell'ode di Pindaro (avrebbe a essere la decima delle olimpiache), che principia a un di presso così: Fatemi trovare in qual parte della mia mente sia scritto il figlio d'Archestrato, vincitore in Olimpia; perchè mi sono dimenticato che gli dovevo un inno. Lo stesso dico io a voi.

SECONDO. - Cosa volete dire?

PRIMO. - Voglio sapere in qual parte della mente dell'artista si trovi quell'idea del fiore: se molto addentro, o anche nel mezzo, ovvero vicino alla superficie; se in alto o in basso, a destra o a sinistra...

SECONDO. - Che domande dell'altro mondo sono codeste?

PRIMO. - Eh! caro voi, quando si tratta di trovare un luogo, bisogna pure determinarlo. Ho dunque bisogno di sapere anche, se nella mente dell'artista quell'idea occupa uno spazio quadrato, o tondo, o di che altra figura; se ci sta per lungo o per traverso...

SECONDO. - E non saranno giocherelli, codesti?

PRIMO. - Saranno o verità o spropositi. E vi par poco importante l'esser verità o sproposito in una materia importante, come è quella della cognizione umana, e di ciò che le vien dietro?

SECONDO. - Ma sapete bene che, quando si dice che una cosa è nella mente d'uno, s'intende che c'è in un certo modo.

PRIMO. - Che non è quello de' corpi?

SECONDO. - No, dicerto.

PRIMO. - Vedete se, con questi giocherelli, non si va avanti? Abbiamo escluso un modo d'esser l'idea nella mente; e abbiamo così ristretto non poco il campo della ricerca. Ora bisogna esaminare qualche altro modo; e, se lo troviamo conveniente, abbiamo quello che si cercava in questo momento; se no, ci rimarrà sempre tanto meno da cercare. Vorrei dunque sapere se l'idea del fiore, quando è nella mente dell'artista, sa di esserci; se si compiace quando conosca d'essere in una bella mente, in una mente nobile; se conosce l'altre idee che ci si possono trovare; se si paragona con esse; se...

SECONDO. - Un'altra.

PRIMO. - Volete dire che non c'è neppure nel modo degli esseri intelligenti.

SECONDO. - State a vedere che ci sarà bisogno di dirlo.

PRIMO. - Nel modo degli animali puramente senzienti, non occorre parlarne?

SECONDO. - Non occorre di dire che non occorre.

PRIMO. - Nè come materia insensata, ne come bruto, né come uomo, nè come puro spirito: in somma, in nessun modo di nessun essere reale. Ma se è nella mente, in qualche modo ci dev'essere. In che modo c'è, dunque?

SECONDO. - In un modo suo; ecco cosa si risponde a codeste domande. Se siete contento, anderà bene; se no troverete voi qualcosa di meglio.

PRIMO. - Se sono contento! Cosa potevo desiderar di più? Chi l'avrebbe detto che l'avreste fatto così presto il passo dell'uscio? L'idea è in un modo suo ecco la soluzione di tutte le vostre difficoltà; ecco, per dirvela chiara e tonda, la fine di tutte le vostre contradizioni. Erano strane, sapete? Guardatevi indietro, appunto per non ritornar mai più indietro: guardate se non v'eravate fermato in un cattivo posto davvero. Eravate tra l'avere ammesso che l'idea è immutabile, che l'idea e semplice, e il non poter ammettere risolutamente e davvero, che l'idea è. Ora, ciò che non è, lo chiamiamo il niente. E quindi, se l'idea poteva anche non essere, voi potevate aver ammesso un niente semplice, un niente immutabile. Ma che parlo di ciò che avete ammesso? Non dicevate voi, di vostro, che il fiore ideale era stato escogitato, immaginato, composto, e che so io? dall'artista. Rimanevate dunque in dubbio che si possa escogitare, immaginare, comporre il niente. Ma che parla di ciò che potete aver detto qui, in questi pochi momenti? Quante volte, in vostra vita, non avete detto un'idea nova, un'idea sottile, profonda, applicabile, utile, eccetera, eccetera! E allora avreste detto: un niente novo, un niente sottile, utile, eccetera, eccetera! Quando dite: l'idea è bella, ma non sarà così facile a realizzarsi, direste che può esser solamente difficile realizzare il niente! Con quelle parole: l'idea è bella, voi affermate, o volere o non volere, l'essere di quell'idea, e insieme le attribuite una qualità. Cosa fate, cosa potete far di più, quando parlate d'una cosa reale qualunque, che affermarne l'essere, e, se il caso lo porta, attribuirle delle qualità? Cosa fareste di più, dicendo che l'acqua di questa boccia è fluida, che è diafana, che è pesante? Ma, dicevate, questo essere dell'idea, non l'intendo. Lo credo, finchè, per arrivare a intenderlo, cercavate in esso i caratteri della realtà. Come intenderlo in una forma che non è la sua? S'io vi dicessi: - questo fenomeno che voi chiamate acqua, un altro fenomeno, che si chiama calorico, me lo disfà, me lo trasmuta in una tutt'altra specie, che si chiama vapore; dimanierachè ciò che dicevate chiamandolo acqua, o non era la verità, o, ciò che torna al medesimo, era una verità che poteva cessare d'esser verità; e volete ch'io dica che quest'acqua è? Un essere di questa sorte, non l'intendo: dirò, fin che volete, che è un'apparenza, ma niente di più. L'idea che sopravvive impassibile a quella mutazione e a tutte le mutazioni possibili; l'idea identica, che fa dare lo stesso nome d'acqua e a questa e a tant'altre apparenze dello stesso genere, delle quali mille periscono, mentre mille altre si formano, quella so cosa dico, quando dico che è; - se, Dio liberi! vi parlassi così, cosa mi rispondereste? O idealista perfido, mi direste, dunque perchè nella cosa non trovi i caratteri dell'idea, mi vuoi negare l'esistenza della cosa? Dal guardar fissamente e esclusivamente un lato d'un triangolo, tu ricavi la bella conseguenza che quel lato solo è. E non t'accorgi che, negando, e con tutta la ragione, alla realtà que' caratteri dell'idea, gliene attribuisci degli altri, diversi, opposti ma ugualmente positivi? Non vedi che, appunto perchè quest'altri caratteri non appartengono all'idea, e nondimeno tu li conosci, poichè te ne fai degli argomenti, bisogna che ci sia qualcosa che non è l'idea, e per di cui mezzo tu sei arrivato a conoscerli? Come questo qualcosa concorra a farti arrivare a una tal conoscenza, certo non lo saprai in eterno, se principii dal negarne l'esistenza, senz'altro esame, e per la sola ragione, che non esiste in quella forma, che ti sei prefisso dover essere l'unica forma dell'ente. Ma chi t'obbliga a prefiggerti che l'ente deva avere un'unica forma? Così mi potreste dire, e avreste ragione; come ho ragione di dire io a voi: chi v'obbligava, o allora perfido, a supporre che l'ente non abbia altra forma che quella della realtà? Chè tutto il vostro resistere all'evidenza, e anche dopo averla riconosciuta, non aveva altra cagione, che questa negativa e gratuita supposizione. E con quelle domande che vi parevano giocherelli, io non facevo altro che tirarla all'aperto, e presentarvela nella sua manifesta falsità, per costringervi a repudiarla. Questa, e non altro, vi faceva disintendere, in quel momento, e in parole, ciò che voi medesimo intendete sempre, e in fatto. E quando dico voi, voglio dir noi tutti, quanti siamo, e quanti furono, e quanti saranno, uomini creati a immagine e similitudine di Dio. E se ne volete la prova, non avete altro che a esaminare un ragionamento qualunque, fatto o potuto farsi, in qualunque tempo, da qualsisía uomo. Voi vedete, per esempio, un contadino (giovine o vecchio, sveglio o ottuso d'ingegno, in questo è tutt'uno), lo vedete mentre, in una bella giornata di primavera sta contemplando un suo campo di grano, verde, tallito, rigoglioso; e gli domandate cosa pensa. - Penso, risponde, che, se il Signore tien lontane le disgrazie, questo campo m'ha a dare tante misure di grano. - Domandategli allora, se quel grano a cui pensa, lo vede, lo tocca, lo potrebbe misurare, potrebbe farvelo vedere a voi. Si mette a ridere, Perchè non sa immaginarsi altro, se non che vogliate canzonare. Dopo che, con quel ridere, v'avrà data la più chiara risposta che sia possibile, ditegli: dunque voi non pensavate niente. Gli pare strana, almeno quanto la prima, e si mette a rider di novo. E cosa vuol dir questo? Che quel contadino sa benissimo, quantunque non sappia di saperlo, che l'idea del grano non è nel modo del grano reale, ma è. Sa anche di più (e lo sa necessariamente, Perchè, come potrebbero star da sè due cognizioni, non aventi per oggetto altro che due diversi modi?); sa che il grano pensato e il grano veduto, val a dire, in genere, ciò che è presente alla sua intelligenza, e ciò che opera sul suo sentimento, è lo stesso identico essere, sotto le due diverse forme, dell'idea e della realtà. Infatti, andate a trovarlo sull'aia, quando ha davanti a sè, ridotto in un bel mucchio, il grano raccolto da quel campo; e vi dirà, senza aspettare che l'interroghiate: eccolo lì, per bontà del Signore, quel grano a cui pensavo là nel campo: se ne rammenta? Donde nasca poi, che queste verità così comuni a tutti gli uomini, così sottintese, anzi indirettamente espresse in tutti i nostri raziocini; donde nasca, dico, che, quando una filosofia osservatrice e veramente esperimentale, le cava fuori dal tesoro comune dell'intelligenza, e separandole, liberandole, dirò così, dall'uso pratico e continuo che ne facciamo, le presenta staccate e svelate, per farle riconoscere esplicitamente; insorgano tante difficoltà, tante repugnanze è una questione che vi leggo negli occhi, che vi vedo aleggiar sulle labbra; ma è una di quelle che dobbiamo per ora lasciar da una parte. La soluzione la troveremo poi, insieme con molte altre, molto più importanti, studiando insieme. Intanto, abbiamo riconosciuta e messa in sicuro la verità, che serve al nostro assunto. L'inventare non è altro che un vero trovare; Perchè il frutto dell'invenzione è un'idea, o un complesso d'idee; e l'idee non si fanno, ma sono, e sono in un modo loro. L'avete detto voi. Non vi venisse in mente di tornare indietro. Guai a voi, vedete!

SECONDO. - Se dicessi che penso su questo punto come pensavo prima... in verità pensavo ben poco, anzi non saprei dire neppur io cosa pensassi per l'appunto... non sarei sincero. Vedo però, che sono cose che, per intenderne una bene, bisogna intenderne insieme dell'altre molte.

PRIMO. - Bravo! si studierà insieme.

SECONDO. - Ma intanto, osservo una cosa: che siamo ricaduti, senza avvedercene, nella prima questione: se non è anche questo un tiro che m'avete fatto. Si doveva cercare dov'era l'idea; e s'è tornati a discorrere se era o non era.

PRIMO. - Perchè non se n'era discorso abbastanza a suo tempo. Avevate fatta una concessione, attaccandoci una protesta; pareva che diceste: Iuravi lingua, mentem iniuratam gero. Bisognava, o rifare, ma davvero, il primo passo, o andare senza veder dove.

SECONDO. - Non ci ho che dire; ma vi resta ora da sciogliere la seconda questione, la quale è ancora intatta. M'avete bensì fatto dire che l'idea, dopo che l'artista è riuscito a inventarla, è nella sua mente; ma non era questo che si cercava. Si cercava dove potesse essere prima di venire in mente, nè a quell'artista, nè a nessuno.

PRIMO. - Appunto. Codesto me l'avete a dire in latino.

SECONDO. - Sapete che, quando parlate di filosofia, siete più curioso del solito? Perchè io, anche questo? e perchè in latino?

PRIMO. - Me l'avete a dir voi, Perchè è una cosa che avete detta cento volte; e me l'avete a dire in latino, Perchè l'avete sempre detta in latino. Per esempio, pochi giorni fa, quando uno vi domandò se aveste conosciuto un tale, voi rispondeste: quando morì, io ero... ero ancora...

SECONDO. - Ah! in mente Dei, volete dire.

PRIMO. - Per l'appunto. E se l'avete detto allora, e tant'altre volte, per occasione, Perchè non lo direte ora, che l'argomento lo richiede espressamente? Infatti, col solo vedere che l'idea è nella mente dell'artista, ma c'è in un modo totalmente diverso dal modo che sono le cose reali, abbiamo visto che l'idea non può essere se non in una mente; e che, quanto è assurdo il dire che il pensato sia niente, altrettanto assurdo e contraditorio in terminis, sarebbe il dire che il pensato sia da sè, senza un pensante. Dunque, per trovare dove l'idea era, prima di venire in mente a uno di noi, che siamo, e una volta non eravamo, e potevamo non esser mai, bisogna risalire a Quello che era, che è, che sarà, in principio, nunc et semper. E vedete se non sono verità comuni. Questa che noi diciamo proverbialmente in latino, la possiamo far dire in volgare, quando ci piaccia, all'uomo più illetterato, purchè gliela domandiamo in maniera che possa intendere. Anzi, non riusciremo forse a fargliela dire, appunto perchè, non solo la conosce, ma non crede che possa essere sconosciuta. Domandiamo infatti a quell'indotto e sapiente contadino di poco fa, se Dio sapeva tutto ciò che sarebbe venuto in mente a ciaschedun uomo, e se lo sapeva senza che ci sia stato un momento in cui abbia principiato a saperlo: gli pare anche questa una domanda fatta per celia, come quella che suppone il dubbio intorno a una cosa indubitabile. E così, o rispondendo, o non degnandosi di rispondere, v'ha detto che un'idea qualunque, prima di venire in mente a un uomo qualunque, era ab eterno in mente di Dio. Vi par egli che sia sciolta anche la seconda questione?

SECONDO. - Come l'altra, cioè a rigore, con una dialettica avara, che dà all'argomento ciò che strettamente gli va, senza un quattrino di più, vi dico sinceramente, che la trovo sciolta. Ma vedete anche voi, e meglio di me, non dico quante difficoltà, per non farmi dar sulla voce, ma quanti problemi saltino fuori. Tutte queste idee...

PRIMO. - Basta, basta, caro mio. Vedo che voi andate avanti a chiedermi un libro, e un libro, che sarei il più ameno ciarlatano del mondo, se vi dicessi d'essere in caso di farlo. Ma, per fortuna, è fatto. Eccolo lì: Rosmini, Ideologia e Logica, volume quarto. Lì troverete le risposte ai quesiti che, per la mia parte, sono contentissimo d'avervi tirato a fare; e vedrete di più, che anche il poco che ho detto, e che, del resto, bastava al nostro argomento, non è roba mia. Illi finis Appio alienæ personæ ferendæ. Vedrete donde mi veniva quella sicurezza che v'è parsa, e vi doveva parere insolita, e un po' strana; quel farmi un divertimento delle vostre obiezioni, quel lasciarvi correre, vedendo il passo dove avreste inciampato. Era un vantaggio accattato, e che deve cessare. Avete a leggere; lo richiedo, lo voglio: come amico, ho il diritto di non rimanervi superiore, quando Dio non m'ha fatto tale. E v'avverto che quel volume ha un inconveniente prezioso, che è di non poter esser letto senza quelli che lo precedono. In quanto poi al leggere quelli che seguono, e sono un'esposizione e un applicazione sempre più vasta, e sempre mirabilmente consentanea, dello stesso principio; e in quanto all'aspettare, con una santa impazienza, gli altri che, spero in Dio, seguiranno, è una cosa che verrà da sè, se il primo leggere sarà stato, come dev'essere, studiare. E vi posso predire ugualmente, che questo studio vi farà trovare un interesse affatto novo, e una nova inaspettata facilitazione nell'esame de' diversi e più celebri sistemi filosofici. Chè, vedendoli interrogati, dirò così, a uno a uno, intorno a una stessa e primaria questione, esaminati sotto i più vari aspetti, ma con un solo e supremo criterio, sarete e guidati continuamente dall'unità dell'osservazione, e continuamente eccitati dall'unità dello scopo; e vi troverete spesso, con gioconda sorpresa, innalzati a giudicare ciò che prima poteva parervi arduo ad intendere. Vedrete allora, più chiaramente che mai, la doppia cagione della sorte, strana a prima vista, di que' sistemi; cioè d'essere e riguardati, la più parte, come insigni e rari monumenti dell'ingegno umano, e abbandonati. Chè l'applicazione di quel criterio medesimo vi farà, da una parte, conoscere in un modo novo, e per impensate relazioni, l'evidenza, l'importanza, l'elevatezza di tante verità messe in luce nella più parte di que' sistemi, e apprezzar così, con una più fondata ammirazione, l'acume e il vigore degl'ingegni che seppero arrivare ad esse, per strade o sconosciute o anche opposte a quelle che si seguivano al loro tempo; e vi farà, dell'altra parte, riconoscere nell'assunto speciale di ciascheduno di que' sistemi, o la negazione implicita e, più o meno, remota, o, ciò che in ultimo torna al medesimo, la trascuranza o il riconoscimento inadeguato e incostante d'una verità suprema. Cagioni che fanno andar a terra i sistemi fondati sopra un principio arbitrario, anche senza essere distintamente conosciute; giacchè ogni principio arbitrario o, per parlar più precisamente, ogni placito arbitrario presentato in forma, di principio, include bensì una serie indefinita di conseguenze, ma una serie più o meno limitata di conseguenze speciose; dimanierachè si fa scorgere per quello che è, per mezzo del falso manifesto de' risultati, anche prima che venga chi sappia scoprire il falso latente dell'origine. E in quanto ad alcuni sistemi che non sono de' meno celebri, quantunque siano i meno ingegnosi, e che dovettero il loro trionfo temporario all'esser venuti dopo un progressivo decadimento della filosofia, e all'aver trovate le menti indifese; e l'arte principale de' quali consistette, non tanto nel trovare soluzioni speciose ai sommi problemi della scienza, quanto nel lasciarli da una parte; non vi riuscirà meno interessante, nè meno istruttivo spettacolo il vedere come questa filosofia, osservando dall'alto il loro cammin vago, li richiama ogni momento a que' problemi medesimi, e pare che dica a ciascheduno, come Opi al poco valente uccisore della forte, ma sbadata Camilla:

Cur . . . . diversus abis? huc dirige gressum,

Huc periture veni.

Vi nascerà egli il sospetto, che anche questo sistema, sotto un'apparenza (che sarebbe straordinaria davvero, se non fosse altro che un'apparenza) d'universalità e di connessione, nasconda un suo vizio capitale? L'autore medesimo v'avrà indicati i mezzi i più pronti e più sicuri, per coglierlo in fallo; e v'avrà singolarmente addestrato a servirvene. Fate con lui ciò che l'avrete visto fare con gli altri. Vedete se potete trovare qualcosa d'anteriore a ciò che pone per primo, qualcosa al di fuori di ciò che pone per universale, qualche possibilità di dubbio contro ciò che stabilisce per fondamento d'ogni certezza; vedete se il criterio col quale ha resa manifesta la deficienza degli altri sistemi, lo applica rigorosamente al suo; se dà risposte chiare, dirette, adequate, alle domande che ha fatte ad essi inutilmente. Quelli che dà per fatti comuni dello spirito umano, e sui quali si fonda, non glieli passate, se non dopo esservi accertato che siano fatti davvero; e per accertarvene, non avete bisogno, che di guardar bene al di dentro di voi medesimo. State attenti, a ogni novo passo che vuol farvi fare, se non assume qualcosa di più di quello che abbiate già dovuto riconoscere. Badate se qualcosa che abbia affermato in un luogo dove gli tornava bene, non trascuri o non schivi di farsene carico, dove gli darebbe noia. Volgete in somma contro di lui quella critica vigilante e inesorabile, della quale v'ha dati esempi così ripetuti e così variati: esempi insigni particolarmente in quella parte più elevata e più difficile della critica, che consiste nello scoprir l'omissioni. Ma se l'esperimento non fa altro che rendervi più manifesta la verità della dottrina, congaude veritati.

SECONDO. - E non vi fa specie che una tale filosofia sia ancora lontana dall'essere generalmente ricevuta, anzi non vada acquistando, se non lentamente, passo passo, quella celebrità che parrebbe esserle dovuta, se non altro, per la grandiosità dell'assunto, e per la corrispondente vastità del lavoro?

PRIMO. - Credo anzi, che parrà una cosa naturalissima anche a voi, quando, conoscendola, avrete potuto osservare le difficoltà speciali che oppone essa medesima a suoi progressi e alla sua diffusione. In verità, ha delle pretensioni un po' singolari. Richiede, prima di tutto, una gran libertà d'intelletto, un fermo proposito d'osservare le cose quali sono in sè, e independentemente da ogni abitudine non ragionata, da ogni opinione troppo docilmente ricevuta. E pensate quanto strana deva parere quella parola « siate liberi », a uomini che si credono tali per eccellenza. Rispondono sdegnosamente: Nemini servivimus unquam; e voltano le spalle. Quelle abitudini poi, e quelle opinioni fanno trovare un'oscurità apparente nelle cose più chiare per sè, e perfino della stranezza nelle più certe, comuni e necessarie. Si dice: non intendo; si dice: non me lo farà credere; e addio quella filosofia.

SECONDO. - De me Fabula narratur.

PRIMO. - E di me e di molti e poi molti. Un'altra legge durissima che questa filosofia vi vuole imporre, è quella d'andar rilenti nel concludere. V'invita a osservare, cioè a percorrere una serie d'osservazioni, ognuna delle quali vi dà bensì un resultato, ma ristretto e scarso, relativamente alla vastità del problema proposto: un resultato da tenersi in serbo, per servire più tardi e insieme con degli altri, che bisognerà procacciarsi con altre e altre osservazioni. Vedete bene che una filosofia la quale pretende di tener fermo il dunque in un campo angusto, ad aspettare che si facciano chi sa quante operazioni nelle quali lui non ha parte (quel dunque, non solo così impaziente di nascere, ma così smanioso di correr lontano, per portar subito più roba a casa, e arricchir la mente in un momento), vedete bene che una tale filosofia risica molto di stancar presto, e di quel genere di stanchezza che non si cura col riposo, perchè non nasce dalla fatica, ma dall'apprensione della fatica. Un'altra condizione vuole imporvi, gravosa anche questa, anzi quasi ineseguibile per chi non abbia adempite quell'altre due: e è di stare in proposito. Non v'ha chiesto nulla per favore, non v'ha pregati di passarle nessuna supposizione, non ha preteso che le sue premesse potessero avere altro titolo per essere accettato, che la loro evidenza. Ma, riguardo alle conseguenze che ne deduce, non vuol lasciarvi altra libertà, quando non vi sentiate d'accettarle, che o di rinnegare ciò che avete ammesso come evidente, o di convincere erronea la deduzione. Ora, questo esser messi continuamente tra un sì e un no, è una suggezione insopportabile. Si gradirebbe oggi una verità, ma rimanendo liberi (che questo s'intende spessissimo in fatto per libertà) di gradire domani una verità opposta. Non vi siete certamente dimenticati la risposta che diede un tale a quel nostro amico: Lei ha ragione, ma io sono di diverso parere. E fu certamente strano quel dire la cosa così apertamente; ma il dirla in perifrasi è un fatto de' più comuni. Non si parla ogni giorno di diritti opposti, di doveri opposti? che è appunto quanto dire, verità opposte. Non si dice ogni giorno, che la logica conduce all'assurdo? val a dire che, in ogni ragionamento, la stessa identica qualità può, secondo torni meglio, esser presa per argomento o del vero o del falso; che ciò che s'è adoprato per convincere, si può, quando conviene, allegare come un motivo di non esser convinto; che il raziocinio è un lume che uno può accendere, quando vuole obbligar gli altri a vedere, e può soffiarci sopra, quando non vuol più veder lui. E d'ostacoli di simil genere, che una tale filosofia o avrebbe potuti incontrare in qualunque tempo, o deve incontrar particolarmente nel nostro (ostacoli, però, che, superati una volta, si cambiano in aiuti), n'osserveremo più altri, studiandola insieme.

SECONDO. - Voi battete sempre lì. È un pezzo che tentate di tirarmi su questa materia; ma io ho saputo finora tenermi sempre alla larga. Ora che, in un momento di distrazione, v'ho dato un dito, avete presa tutta la mano, e non volete più lasciarmi andare. Sapete però, che ho degli altri studi avviati.

PRIMO. - Degli altri? Che ci sono degli studi che si possano chiamare altri riguardo alla filosofia? e i nostri principalmente?

SECONDO. - In fondo, credo che abbiate ragione. Ma se sapeste com'io me la godevo senza fatica questa filosofia. Sentivo parlare ogni tanto d'uno scrivere e d'un disputare che si fa, da qualche tempo, in Italia, su questa materia; sentivo pronunziare nomi italiani, e di gente viva, col predicato di filosofi; vedevo nelle vetrine de' librai, de titoli di libri filosofici nati qui; e mi rallegravo gratis al pensare che questa nostra povera cara Italia si fosse finalmente alzata anch'essa a dir la sua su questa faccenda, uscendo da quel lungo sonno, che ci veniva con una così superba compassione, rinfacciato dagli stranieri.

PRIMO. - E che ci fosse ragione di compatirci, non c'è dubbio; ma c'era poi chi l'avesse, questa ragione? Certo, il non fare è una trista cosa; ma non viene da ciò, che ogni fare sia qualcosa di meglio; e se quello è degno di compassione, non vedo che possa esser degno d'invidia il far qualcosa che poi si deva disfare. Ora, qual è che rimanga in piedi (giacchè io non voglio parlare che d'effetti noti a tutti, e che si possono conoscere senza esser dotti in filosofia: le cagioni sapete dove le avremo a studiare insieme), qual è, dico, che rimanga in piedi, de' sistemi filosofici fabbricati altrove, mentre qui si dormiva? E lasciamo pure da una parte, che il sonno non ci fu mai universale. Quella filosofia che, nata in una parte d'Europa, e allevata in un'altra, la signoreggiò, quasi tutta per una gran parte del secolo passato, dov'è ora? Voglio dire, chi è più che la professi, che la continui, che la sostenga, come corpo di dottrina, chè, in quanto al rimanerne nelle menti delle conseguenze staccate, ma fisse e attive; e in quanto all'esserne entrate anche in altri sistemi, in apparenza molto diversi, è un'altra cosa. Gli effetti delle filosofie che hanno avuto un vasto e lungo impero, sono come gli atti di Cesare, i quali sapete quanto, e per quanto tempo, furono fatti valere, dopo che Cesare ebbe toccati que' ventitrè colpi, appiedi della statua di Pompeo. Conseguenze, però, che non serbano e vita e autorità, se non in quanto non sono riconosciute come conseguenze di quella filosofia stata repudiata, e repudiata espressamente, scientemente, costantemente, dopo una lunga resistenza. E una tale maniera di sopravvivere a sè stessa, non è certamente, nè gloriosa per una filosofia, nè vantaggiosa al mondo. Dopo di essa, per lasciare da una parte alcuni sistemi intermedi, che ebbero e fama e seguaci, ma sparsi, e non mai in tal numero da formare stole solenni, sorse in un'altra parte d'Europa un'altra filosofia, la quale, rimasta per qualche tempo inosservata, la riempì poi in un momento, se non di sè, del suo nome. Ma appena principiava qualcheduno a studiarla, fuori del paese dov'era nata, che già, in quello, tra i primi discepoli, era sorto un novo maestro, il quale, proponendosi da principio di continuarla e d'ampliarla, la rifece, e fondò una nova scola. E da questa non tardò a uscire uno novo maestro, per essere, poco tempo dopo, soverchiato anche lui da un discepolo ribelle, che si fece capo d'un'altra scola; dimanierachè gli uni dopo gli altri, come le spighe e le vacche del sogno di Faraone devorantes, se mi rammento bene le parole del testo, priorum pulchritudinem, nullum saturitatis dedere vestigium. Chè, torno a dire, io non parlo se non di resultati noti, come può parlare di regni caduti anche chi non s'intenda punto di politica. Cos'hanno pescato, domando, per totam noctem laborantes, mentre qui si dormiva? cos'è rimasto di tanta attività di ricerche, di tanto dispendio di meditazioni? Quattro nomi, e non una dottrina; una gran d'ammirazione della potenza dell'ingegno umano, e insieme una gran diffidenza... diciamolo pure, un vero disprezzo per i suoi ritrovati più strepitosi, nella materia più importante, cioè intorno al principio d'ogni nostra cognizione; un'opinione, sempre precipitata e temeraria, sia che nasca da studi tornati vani, o dalla semplice fama di tanti inutili sforzi, un'opinione funesta, quanto abietta, che, quanto più quest'ingegno s'innalza, per veder molto, tanto più gli oggetti gli svaniscono davanti; quanto più si profonda, per cercare i fondamenti del sapere, tanto più s'inabissa in un voto; che non può uscire da errori volgari, se non per smarrirsi in illusioni scientifiche. E qui, oh che consolante differenza troverete nello studio che vi propongo! E potete ben pensare che, dicendo: consolante, intendo una cosa che non appaghi il desiderio, se non soddisfacendo la ragione. Qui sentirete, a ogni passo, rassodarvisi il terreno sotto i piedi; qui il salire vi procaccerà un vedere tanto più fermo, quanto più esteso; qui, condotti sempre dall'osservazione, richiamati sempre alla vostra propria testimonianza, troverete alla fine, nelle formole più astruse al primo sguardo, il sunto di ciò che ognuno o crede abitualmente, o abitualmente sottintende. Chè uno de' grandi effetti di questa filosofia è appunto di mantenere e di rivendicare all'umanità il possesso di quelle verità che sono come il suo natural patrimonio, contro de' sistemi, i quali, se non riescono a levarle affatto nemmeno dalle menti de' loro seguaci, fanno che ci rimangano come contradizioni. Qui vi rallegrerete di sentire un vero rispetto per l'intelligenza umana, una fondata fiducia nella ragione umana, riconoscendo bensì come l'una e l'altra sia limitata nella cognizione della verità, ma sentendovi sicuri che non sono, nè possono essere condannate a errori fatali; anzi ricavando questa sicurezza anche da quel riconoscimento; giacchè i limiti attestano il possesso, col circoscriverlo. Un vero e alto rispetto, dico, per l'intelligenza e per la ragione comune, impresse, da una bontà onnipotente, in tutti gli uomini; e in paragone delle quali, la superiorità degl'ingegni più elevati, è come l'altezze de' monti, in paragone della profondità della terra. E non c'è scapito se, scemando un poco l'ammirazione per alcuni, cresce la stima per tutti.

SECONDO. - V'avrò a chiedere una spiegazione; ma ora andate avanti.

PRIMO. - Dite pure: già è tutto un discorrere. Sulla nostra questione, mi pare che siamo rimasti d'accordo. Ma avendo, per risolverla, dovuto ricorrere a una filosofia, ci siamo trovati...

SECONDO. - Così a caso, senza premeditazione, senza avvedercene nessuno di noi; non è vero? Chi non vi conoscesse!

PRIMO. - Mi fate ridere. Ci siamo, dico, trovati a dover pure toccare una parola di questa filosofia. Ma è un parlarne dal di fuori, come vedete. È un chiacchierare che fo intorno all'assunto e al metodo di essa, e agli effetti che mi pare che se ne devano sperare; ben lontano dalla pretensione d'esporvela, e volendo solamente farvi nascere il desiderio di conoscerla da voi. Sicchè non c'è in queste chiacchiere nessun ordine obbligatorio; e si può quindi, senza inconveniente, saltare da quella parte che par meglio.

SECONDO. - No, no: utere sorte tua; dite ora ciò che avete fissato di dire. La spiegazione verrà con comodo.

PRIMO. - Io dirò in vece: uter permisso. Ma tiratemi il mantello, se vi pare che n'abusi. Aggiungo dunque, che, col rivendicare il possesso delle verità universalmente note, viene naturalmente un altro eccellente effetto: la manifestazione di verità recondite. Non si può difendere (bene, s'intende) il dominio del senso comune, senza estendere in proporzione quello della filosofia. La verità non si salva, che per mezzo della conquista. E l'errore porta indirettamente questa utilità, che, cercando nelle cose aspetti novi, provoca le menti savie a osservar più in là, e dà occasione, anzi necessità di scoprire. È come una pietra dove inciampa e cade chi va avanti alla cieca; e per chi sa alzare il piede, diventa scalino. Aggiungo, anzi ho già accennata un'altra soddisfazione d'un genere analogo: quella di trovare in questo sistema rimesse in onore, e messe a posto tante verità che sono sparse nell'opere de' più illustri e gravi filosofi di tutti i tempi. E, da una parte, vi parrà singolare il vedere come, da quell'opere più famose che lette, e anche da altre o meno famose, o quasi affatto dimenticate, sia l'autore andato raccogliendo i luoghi dove qualcosa detta da lui si trovi già espressa, o accennata, o leggermente presentita, e li metta davanti al lettore; quasi volesse levare, per quanto è possibile, al suo sistema il merito della novità. Ma quanto più n'è levata anche l'apparenza di quella novità tracotante e giustamente sospetta, che pretende rifar da capo il lavoro della mente umana, tanto più ci risplende la novità soda e felice, che viene dal portarlo molto avanti. E questo medesimo ordinare a un unico scopo le cose trovate sparsamente da vari è una novità delle più utili: non dico delle più facili. Un altro effetto consolantissimo dello studio di questa filosofia, è il trovare in essa la scienza d'accordo con tutto ciò che si può pensare di più retto, di più nobile, di più benevolo. So bene che ci sono molti i quali domandano cos'abbiano a fare le aspirazioni del core con le deduzioni della fredda ragione, i bei sentimenti con la verità rigorosa. Ma la soddisfazione vi verrà appunto dal trovare in questa filosofia la più concludente e definitiva risposta a una tale superficialissima domanda, che, in ultimo, si riduce a quest'altra: cos'ha a fare l'anima umana con l'anima umana, l'Essere con sè medesimo!... Ma, poichè non mi fermate voi, bisogna che m'imponga la discrezione da me. Vediamo dunque se la spiegazione che desiderate è tale che ve la possa dar io.

SECONDO. - Avete parlato di fiducia nella ragione, d'un gran rispetto per l'intelligenza umana. Se dicono invece, che questa filosofia pretende d'annullare la ragione, di non lasciare all'intelligenze altro lume, che l'autorità della fede. Anzi dovete sapere anche voi, che questa è una cagione che tiene lontani molti, non solo dallo studiare questa filosofia, ma dall'informarsene, dall'aprire un libro che ne tratti.

PRIMO. - È vero: non ci pensavo; ma come volete che non ci siano di quelli che lo dicono? è il contrario appunto di quello che è. Nessuna filosofia è più aliena da un tale errore stranissimo, che fa di Dio quasi un artefice inesperto, il quale, per aggiungere un novo lume alla sua immagine, impressa, per dono ineffabile, nell'uomo, avesse bisogno di cancellarla; errore che fa del cristiano quasi una nova, anzi un'inconcepibile specie d'animale puramente senziente, al quale venisse, non si sa come, aggiunta la fede. Sicuro, che è una filosofia naturaliter christiana, come disse profondamente Tertulliano, dell'anima umana. Sicuro che, dopo aver percorso liberamente e cautamente (che in fondo è lo stesso) il campo dell'osservazione e del ragionamento, si trova, per dir così, accostata alla fede, e vede negl'insegnamenti, e ne' misteri medesimi di questa il compimento e il perfezionamento de' suoi resultati razionali. Non che la ragione potesse mai arrivar da sé a conoscer que' misteri; non che, anche dopo essere stata sollevata dalla rivelazione a conoscerli, possa arrivare a comprenderli; ma n'intende abbastanza (mi servo della bella distinzione ricavata da questa filosofia medesima) per vedere che le sono superiori, non opposti, e che è quindi assurdo il negarli; n'intende abbastanza per trovare in essi la spiegazione di tanti suoi propri misteri: come è del sole, che non si lascia guardare, ma fa vedere. Non che, dico, le più elevate e sicure speculazioni della filosofia possano mai produrre la sommissione dell'intelletto alla fede; che sarebbe un levar di mezzo questa sommissione medesima; cioè non sarebbe altro che una grossolanissima contradizione. Ma, siccome i falsi concetti, i sistemi arbitrari intorno alla natura dell'uomo, e ai più alti oggetti della sua cognizione, possono opporre, e oppongono in effetto, degli ostacoli speciali a questa sommissione (giacchè, essendo la verità una, ciò che è contrario ad essa nell'ordine naturale, viene ad esserle anche nell'ordine soprannaturale, quando l'oggetto è il medesimo), così una filosofia attenta a riconoscere in qualunque oggetto ciò che è, senza metterci nulla di suo, può, sostituendo de' concetti veri ai falsi, rimovere quegli ostacoli speciali; dimanierachè, scomparsa l'immaginaria repugnanza della ragione con la fede, non rimangano se non le repugnanze che Dio solo può farci vincere: quelle del senso e dell'orgoglio. In questa maniera la filosofia di cui parliamo è una filosofia cristiana; ma vi par egli che sia a scapito della ragione? E che? si vorrebbe forse, che, per esser razionale, per rimaner libera, una filosofia dovesse pronunziare o ammettere a priori, che tra la ragione e la fede c'è repugnanza? cioè, o che l'intelligenza dell'uomo è illimitata, o che è limitata la verità? Questo sì, che sarebbe anti-razionale, anti-filosofico, per non dir altro. Questa sì, che sarebbe servitù, e una tristissima servitù. Le tengano dietro, passo passo, a questa filosofia; e quando trovino che o sciolga o tronchi con l'autorità della fede questioni filosofiche, dicano pure che cessa d'esser filosofia. Ma sarebbe una ricerca vana; e è più spiccio, per gli uni l'affermare, per gli altri il ripetere. F non voglio dire però, che una scienza ignara della rivelazione sarebbe potuta arrivare tanto in là, e abbracciare un così vasto e ordinato complesso; ma, qual maraviglia, che, venendo la ragione e la fede da un solo Principio, quella riceva lume e vigore da questa, anche per andare avanti nella sua propria strada? È il caso opposto, e insieme perfettamente consentaneo a quello che ho accennato dianzi. Come gli errori scientifici possono nella mente dell'uomo, essere ostacoli alla fede; così le verità rivelate possono essere aiuti per la scienza: poichè, facendo conoscer le cose nelle loro relazioni con l'ordine soprannaturale, le fanno necessariamente conoscer di più; e quindi la scienza può procedere da un noto più vasto alle ricerche e alle scoperte sue proprie. Ora l'accrescere le forze d'una facoltà, è forse uno snaturarla? Il somministrarle novi mezzi, è forse un distruggerla? E una cosa perduta di notte, non è forse più quella, quando si sia ritrovata di giorno? E la dimostrazione lascia forse d'essere l'istrumento proprio e legittimo della filosofia, quando la mente sia stata aiutata a trovarla da qualcosa di superiore alla filosofia? Quando per esempio, que' due filosofi, il vescovo d'Ippona e il frate d'Aquino, osservano, e pretendono di dimostrare che, in ogni creatura, si trova una rappresentazione della Trinità (nelle ragionevoli, per modo d'immagine e di somiglianza; in tutte per delle indicazioni della Causa creatrice, inerenti in esse); quando il filosofo roveretano, dietro un'osservazione più generale e più immediata, della natura medesima dell'Essere, osservazione, per conseguenza, feconda di più vasta e varia applicazione, pretende di dimostrare che l'Essere è essenzialmente uno e trino; cos'importa, relativamente al valore scientifico dell'osservazione, che questa sia stata indicata, suggerita dalla rivelazione! Forse che le qualità intrinseche delle creature, e la natura essenziale dell'Essere, non sono materia della filosofia, oggetto della ragione? Si dimostri (vorrei vedere con quali argomenti) che quegli uomini, in vece d'osservare, hanno immaginato; che hanno posto nelle creature, e nell'Essere in genere, quello che non c'è; e s'avrà ragione di rigettar le loro dottrine. Ma escluderle a priori, come estranee alla filosofia; ma opporre al ritrovate la cagione divinamente benefica che diede avvio e mezzo alla ricerca, è (dico sempre riguardo alla mera ragione dialettica) ciò che sarebbe l'opporre alle scoperte scientifiche del Galileo e del Newton la lampada che oscillò davanti al primo, e la mela che cadde davanti al secondo. E quando, dall'avere esaminata la teoria rosminiana della scienza morale, teoria connessa indivisibilmente con l'intero sistema, avrete a concludere che è rigorosamente conforme alla ragione l'amar Dio sopra ogni cosa, e il prossimo come sè medesimo, cosa detrarrà alla forza filosofica de' ragionamenti, e alla legittimità della conclusione, il riflettere che la filosofia non illuminata dalla rivelazione, filosofia capace bensì di discernere molte verità morali, e di riunirle in teorie giuste e vere, quantunque incomplete, non sarebbe però potuta salire fino a queste verità così principali? Potrete voi dire che, nel riconoscere ciò che non avrebbe potuto conoscer da sè, la ragione non faccia un'operazione sua propria? E ora voi indovinate sicuramente, che uno degli effetti di questa filosofia, de' quali v'avrei parlato, se non avessi temuto di riuscirvi indiscreto; anzi l'effetto più consolante e più importante, è appunto questo di cui le si fa così stranamente un'obiezione.

SECONDO. - Peccato che venga in un cattivo momento, questa filosofia. Avete parlato d'ostacoli che deve incontrare; ma ho paura che abbiate lasciato fuori il più forte: l'orrore o, se vi par meglio, il compatimento della generazione presente per le speculazioni metafisiche. Pensate un poco, se ci fosse qui della gente a sentire, come direbbero: possibile che ci siano ancora di quelli che hanno del tempo da buttar via in queste astrazioni? Anzi non so neppure se vi sareste sentito il coraggio o, se vi par meglio, la voglia di parlare. E davvero, in un tanto conflitto d'opinioni, di voleri e d'azioni intorno a delle realtà così gravi, così vaste, così incalzanti; che gli uomini vogliano prendersela calda per l'entità dell' idee, e per le forme dell'Essere, sarebbe, se non pretender troppo, certamente troppo sperare. Non mi fate quegli occhi di filosofo sdegnato; chè ora non parlo in mio nome. Intendo anch'io, così per aria, che in una tal maniera di pensare, c'è molto del superficiale. Ma cosa volete? è molto comune e molto fissa. E credo che il vostro autore e quelli che, innamorati della sua filosofia, cercano, con nuovi scritti di diffonderla, avranno a dire per un pezzo ancora: Cecinimus vobis, et non saltastis; lamentavimus, et non planxistis.

PRIMO. - Superficiale, è benissimo detto; ma non basta. Dite, falsa e cieca in sommo grado. In ultimo, significa appunto questo: gli effetti sono di tanta importanza, di tanto rischio, di tanta estensione, che bisogna essere cervelli oziosi, per occuparsi delle cagioni. Se ci fu mai un'epoca in cui le speculazioni metafisiche siano state produttrici d'avvenimenti, e di che avvenimenti! è questa, della quale siamo, dirò al mezzo? o al principio? Dio solo lo sa; certo, non alla fine. Per non parlar del momento presente, vedete la prima rivoluzione francese. Ne prendo il primo esempio che mi s'affaccia alla mente: quello d'un uomo eternamente celebre, non già per delle qualità straordinarie, ma per la parte tristamente e terribilmente principale, che fece in un periodo di quella rivoluzione: Robespierre. Giudicato dalla posterità, dirò così, immediata e contemporanea, per null'altro che un mostro di crudeltà e d'ambizione, non si tardò a vedere che quel giudizio, come accade spesso deprimi, era troppo semplice; che quelle due parole non bastavano a spiegare un tal complesso d'intenti e d'azioni; che, nel mostro, c'era anche del mistero. Non si potè non riconoscere in quell'uomo una persuasione, independente da ogni suo interesse esclusivo e individuale, della possibilità d'un novo, straordinario, e rapido perfezionamento e nella condizione e nello stato morale dell'umanità; e un ardore tanto vivo e ostinato a raggiunger quello scopo, quanto la persuasione era ferma. E di più, la probità privata, la noncuranza delle ricchezze e de' piaceri, la gravità e la semplicità de' costumi, non sono cose che s'accordino facilmente con un'indole naturalmente perversa e portata al male per genio del male; nè che possano attribuirsi a un'ipocrisia dell'ambizione, quando, com'era il caso, non abbiano aspettato a comparire nel momento che all'ambizione s'apriva un campo inaspettato anche alle più ardite aspettative. Ma un'astrazione filosofica, una speculazione metafisica, che dominava i pensieri e le deliberazioni di quell'infelice, spiega, se non m'inganno, il mistero e concilia le contradizioni. Aveva imparato da Giangiacomo Rousseau, degli scritti del quale era ammiratore appassionato, e lettore indefesso, fino a tenerne qualche volume sul tavolino, anche nella maggior furia degli affari e de' pericoli, aveva, dico, imparato che l'uomo nasce bono, senza alcuna inclinazione viziosa; e che la sola cagione del male che fa e del male che soffre, sono le viziose istituzioni sociali. È vero che il catechismo gli aveva insegnato il contrario, e che glielo poteva insegnare l'esperienza. Ma il catechismo, via, non occorre parlarne; e l'esperienza, tutt'altro che disprezzata in parole, anzi esaltata, raccomandata, prescritta, era, in fatto, da quelli che non si curavano del catechismo, contata, e consultata quanto il catechismo, e ne' casi appunto dove il bisogno era maggiore; cioè dove si trattava di verificare de' fatti posti come assiomi fondamentali, con affermazioni tanto sicure, quanto nude, con de' sic volo, sic jubeo. Sul fondamento dunque di quell'assioma, era fermamente persuaso che, levate di mezzo l'istituzioni artifiziali, unico impedimento alla bontà e alta felicità degli uomini, e sostituite a queste dell'altre conformi alle tendenze sempre rette, e ai precetti semplici, chiari e, per sè, facili, della natura (parola tanto più efficace, quanto meno spiegata), il mondo si cambierebbe in un paradiso terrestre. La quale idea, non è punto strano che nascesse in menti che non credevano il domma del peccato originale; come non bisogna maravigliarsi se la vediamo ripullulare sotto diverse forme. Chè i dommi si possono bensì discredere; ma c'è un'altra, dirò così, rivelazione del cristianesimo, la quale non è così facile a rinnegarsi nè a dimenticarsi da chi ha respirata l'aria del cristianesimo voglio dire particolarmente una cognizione e della natura dell'uomo e di ciò che riguarda il suo fine, molto più sincera e più vasta, e la quale, acquistata che sia, vien mantenuta e confermata ogni momento dalla testimonianza dell'intimo senso. È la rivelazione che ci ha sollevati a conoscere con chiarezza, che l'uomo è capace d'una somma e, relativamente, compita perfezione intellettuale e morale, e d'una felicità uguale, come conveniente, a quella; e quando non si vuol credere alla rivelazione che insegna nello stesso tempo, come l'uomo sia stato realmente costituito in un tale stato, come ne sia decaduto, come possa avviarcisi di novo, dove arrivare a ripossederlo, e più sublime; qual maraviglia che si vadano sognando altri modi, e fantasticando altri mezzi di soddisfare un desiderio così potente e, in sè, altamente ragionevole? L'errore non è intorno al diritto, ma intorno al fatto; la chimera è ne' modi e ne' mezzi, non nel fine; e il fine è bensì deformato, avvilito, spostato, ma non inventato: né si potrebbe inventare, se non fosse. E quelli che, non ricevendo il domma, rigettano anche la chimera, voglio dire tutte le diverse forme d'una tale chimera, non riescono a tenersi in questo stato di mezzo, se non col tristissimo aiuto dello scetticismo o speculativo o pratico: cioè, o col rimanere in dubbio se l'uomo sia o non sia ordinato a una vera perfezione, e a una piena felicità; o col non pensarci. Quando poi, con de' ragionamenti dai quali questa questione è lasciata fuori, si confidano di poter levar dal mondo quelle chimere, non riflettono che l'errore non si vince se non colla verità che esso nega o altera. La fede in una veramente perfetta felicità serbata a un'altra vita, non lasciava luogo a de'sogni d'una perfetta felicità nella vita presente: questa stessa fede è la sola che possa levarli di mezzo. E dico una felicità veramente perfetta, come quella che è prodotta dal pieno e sicuro possesso d'un Bene corrispondente alle nostre facoltà, perchè infinitamente superiore ad esse; le quali, conosciamo bensì che sono limitate, ma senza poterne trovare i limiti; e mentre le sentiamo incapaci, a un gran pezzo, e per ogni verso, d'abbracciare, nel nostro stato presente, tutti gli oggetti finiti, sentiamo insieme, che quando gli avessero potuti esaurire, rimarrebbero ancora capaci e desiderose di novi oggetti; dimanierachè il finito, che per esse è così troppo, non sarebbe mai abbastanza. Felicità veramente perfetta, ripeto, perché prodotta dall'intendere, dal sentire, dall'amare questo Bene infinito, con tutte le forze dell'intelligenza, del sentimento, dell'amore, cioè dal più retto e intenso e tranquillo e continuo esercizio di queste potenze; per mezzo delle quali sole abbiamo pure quella scarsa misura di godimento che possiamo ricevere, nella vita presente, da qualsisia oggetto. Chè così il più rozzo cristiano intende la beatitudine eterna, quantunque non la sappia esprimer così. Con delle teorie d'un meno male, non si soffogano, come non s'appagano, le aspirazioni, anche false e disordinate, a un bene compito. E quelli che, prendendo qua e là dagl'invisibili insegnamenti del cristianesimo ciò che a loro par meglio, propongono la rassegnazione senza la speranza, non si maraviglino di trovarsi a fronte chi predica la speranza senza rassegnazione. Utopie insensate, dicono; e non s'avvedono che è un'utopia insensata anche il pensare che l'umanità possa acquietarsi nel dubbio. Non basta aver che fare con degli avversari che abbiano torto: bisogna aver ragione. Stringersi nelle spalle quando s'arriva alle questioni primarie, non è la maniera di terminare quelle che ne dipendono. La vittoria definitiva e salutare, Dio sa a qual tempo serbata, e con quali nove e forse più gravi vicende di mezzo, sarà quella della verità sugli uni e sugli altri, sul falso e sul nulla. Fino allora continueranno a potersi applicare agli uni e agli altri quelle parole d'Isaia: Declinabit ad dexteram, et esuriet; et comedet ad sinistram, et nonsaturabitur; e quell'altre non meno a proposito Inite consilium, et dissipabitur; loquimini verbum, et non fiet.Ma vedete un poco come questo benedetto presente, quando non si prende per tema, si ficca nel discorso, come digressione. Torniamo a quel terribile e deplorabile discepolo del Rousseau. Persuaso, come ho detto, che delle istituzioni fossero l'unico ostacolo a uno stato perfetto della società, e dell'altre istituzioni il mezzo sicuro per arrivarci, adoprò il potere che la singolarità de' tempi gli aveva messo in mano, a rimover l'ostacolo, e ad effettuare il mezzo. Ma sulle istituzioni da distruggersi, e su quelle da sostituirsi, non è così facile che tutti, nè che moltissimi vadano d'accordo, principalmente quando queste devano esser miracolose; sicchè, in ultimo, chi metteva impedimento a quello stato perfetto erano degli uomini. Questi uomini però erano pochi, in paragone dell'umanità, alla quale si doveva procurare un bene così supremo e, per sè, così facile a realizzarsi; erano perversi, poichè s'opponevano a questo bene: bisognava assolutamente levarli di mezzo, perchè la natura potesse riprendere il suo benefico impero, e la virtù e la felicità regnare sulla terra senza contrasto. Ecco ciò che potè far perder l'orrore della carnificina a un uomo, il quale, nulla indica che n'avesse l'abbominevole genio che si manifestò in tanti de' suoi satelliti e de' suoi rivali. Che, nel progresso di quelle feroci vicende, le nemicizie divenute furibonde, e le paure crescenti in proporzione delle nemicizie, concorressero a diminuire in lui quell'orrore, chi ne può dubitare? Le passioni e gl'interessi personali riescono troppo spesso a attaccarsi, più o meno, anche agl'intenti più retti e ragionevoli per ogni verso: pensiamo poi a uno di quella sorte! Ma il movente primitivo e primario della funesta e sventurata attività di quell'uomo, non si può trovarlo, che in una fede cieca a un arbitrario placito filosofico. E quel Rousseau medesimo, così sdegnoso, in parole, d'assoggettarsi alla filosofia che dominava al suo tempo, e il quale pretendeva di ricavare i suoi precetti pratici dalla natura, senza nessuno di mezzo, sarebbe una cosa curiosa l'osservare di dove gli abbia ricavati davvero in gran parte, e i più straordinari e impreveduti. Quello, per esempio, che al fanciullo non si deva propor nulla da credere, che non possa verificar da sè, e finchè non abbia finiti i dieci anni, non parlargli neppur di Dio, come mai sarebbe venuto in mente a un uomo di questo mondo, se prima non fosse stato insegnato che tutte le cognizioni e, per conseguenza, tutte le verità nascono dalle sensazioni? Ammesso ciò più o meno avvertitamente, un tal precetto non era altro che il mezzo naturale di schivare a quell'età inesperta i pericoli dell'inganno, e di lasciarla arrivare alla verità per la strada giusta. Non era originalità, era coerenza. È vero che, per essere affatto coerente, si sarebbe dovuto estendere l'applicazione a tutte l'età, a tutti i casi, a tutto il commercio d'idee tra gli uomini, e dire che dalla parola non si può ricavare altro di vero, che il suono materiale; giacchè è tutto ciò che la sensazione ne possa ricavare. Ma si sa che l'errore non vive, quel tanto che può vivere, se non a forza di moderazione, di saviezza, di sapersi guardare dall'insidie della logica, che, con quel suo andar diritto (traditora!), conduce all'assurdo; e per vendicarsi di non essere stata consultata quando si trattava d'esaminare il supposto principio prima d'accettarlo, entra per forza a cavar le conseguenze, e si diverte a farne uscire le più alte cose del mondo. E il Rousseau, per quanto fosse un capo ardito, aveva però il giudizio necessario per non abbandonarsi affatto alla logica, in un affare avviato senza di essa. Bastava bene, anche per lui, l'essersi lasciato strascinare fin là. Ma vedete di novo! Questa volta fu per andare in un passato più lontano, che sono uscito di strada. Non mi mettete in conto quest'esempio, e permettetemi di citarne un altro dell'epoca in cui avevo promesso di restringermi. La petite morale tue la grande, disse il Mirabeau; e lo disse, non già per buttar là una sentenza speculativa, ma come una norma e una giustificazione applicabile ai gran fatti pubblici ne' quali fu anche lui pars magna. E chi non vede la forza pratica d'una massima di questa sorte? Certo, per i tristi di mestiere è superflua, o di poco uso; ma questi non potrebbero far gran cosa, se dovessero far tutto da sè, e non avessero l'aiuto delle coscienze erronee. E, per ingannar le coscienze, qual cosa più efficace d'una massima che, non solo leva al male la qualità di male, ma lo trasforma in un meglio? che fa della trasgressione un atto sapiente, della violazione del diritto un'opera bona? Quello, però, che può parere strano a chi appena ci rifletta, è che una proposizione così repugnante al senso comune, e i termini della quale fanno a' cozzi tra di loro, sia potuta non parere strana a ognuno. La morale, che è una legge, e, come legge, è essenzialmente assoluta e una, divisa in due parti, una delle quali distrugge l'altra! Una morale piccola, e che perciò cessa d'essere obbligatoria, anzi dev'essere disubbidita; e alla quale, nello stesso tempo, si lascia, si mantiene questo nome di morale, che include essenzialmente l'idea d'obbligazione, e non avrebbe nessun significato suo proprio senza di essa! Anzi bisogna lasciarglielo per forza, e non se ne troverebbe uno da sostituirgli; giacchè, cosa può essere la morale applicata a cose di minore importanza, se non la morale? Dimanierachè a queste due parole «piccola morale,» si fa significare una cosa che è, e non è obbligatoria! Davvero, a considerare il fatto separatamente, non si saprebbe intendere come mai una così pazza logomachia si fosse potuta formare in una mente, non che esser ricevuta da molte. Ma, anche qui, il fatto diventa piano, data che sia una dottrina che riduca la giustizia all'utilità, e faccia di questa il principio della morale; poichè, essendo così levata di mezzo l'idea d'obbligazione, e l'idea corrispondente di divieto, le quali non sono punto incluse nell'idea d'utilità; rimanendo questa:il solo motivo e la sola regola della scelta delle deliberazioni; avendo essa differenti gradi; è affatto ragionevole il sacrificare il minore al maggiore. A delle menti preparate da una tale dottrina, quella proposizione non riusciva singolare, che per l'argutezza della forma; e dall'antitesi stessa acquistava un'apparenza d'osservazione più profonda. Dire che è ben fatto il posporre un piccolo dovere a un gran vantaggio, avrebbe urtato: sarebbe stato un contradire troppo direttamente al linguaggio comune, nel quale il posporre ogni cosa al dovere è così abitualmente espresso, in forma ora di precetto, ora di lode, ora di vanto, secondo il caso. Con quella dottrina, la contradizione era schivata: il dovere non era posposto a nulla, non poteva più soffrire confronto veruno, perché non c'era più. Rimaneva solamente la morale, cioè una parola senza senso, ma che faceva le viste d'affermare rispettosamente ciò che negava logicamente. Ora, una tale dottrina, non nova, dicerto (chè, senza andar più indietro, è d'Orazio quel verso:

Atque ipsa utilitas, justi prope mater et æqui),

era stata, da poco tempo, rimessa in luce e in credito, sotto una nova forma, e con novi argomenti, come sapete, da un libro intitolato: Dello spirito; libro che era un discendente naturale e immediato d'un altro, intitolato: Saggio sull'intelletto umano. Mi pare che la sorgente fosse abbastanza metafisica.

SECONDO. - Non c'è che dire.

PRIMO. - Dunque, giacchè parlo bene, lasciatemi citare anche un fatto di quell'epoca medesima, nel quale quella trista dottrina si vede applicata in un modo terribile, e da un uomo che, in punto d'onestà, aveva una riputazione ben diversa da quella dell'autore dell'arguta proposizione. L'uomo era il Vergniaud, e il fatto è raccontato nelle Memorie d'uno de' Girondini proscritti, del quale non mi rammento il nome. Costui, in uno di que' giorni che durò la votazione sull'ultima sorte di Luigi XVI, s'era trovato, in casa di madama Roland, con quel celebre deputato, che non aveva dato ancora il suo voto, e che, esponendo anticipatamente il suo sentimento, parlò con un'eloquenza straordinaria, anche in lui, contro il voto di morte, dichiarandolo segnatamente contrario al diritto; e si congedò poi per andare alla Convenzione, atteso che non poteva star molto a venire il suo turno. L'altro ci andò qualche momento dopo, ansioso di sentir di novo quegli argomenti espressi con quella facondia, e col di più che le doveva dare il contatto, dirò così, immediato della cosa. Arrivò che l'uomo saliva alla ringhiera, o ci s'era appena affacciato. È tutto orecchi; e la parola che sente uscire da quella bocca è: La mort. Costernato, atterrito, ancora più che maravigliato, va a aspettarlo, se non mi rammento male, appiedi della ringhiera; lo ferma, e, col viso e con gli atti più che con le parole, gli chiede conto del come abbia potuto dare a sè stesso quella spaventosa mentita. Se quello avesse risposto che, alla vista del pericolo che poteva correre ubbidendo alla sua coscienza, gli era mancato il core, ci sarebbe certamente da deplorare un fatto, purtroppo non raro, di debolezza colpevole e vergognosa. Ma la risposta che diede rivela un principio di male più terribile, perchè ben più fecondo e comunicabile, come quello che ha sede nelle menti; e più insidioso, perchè può operare independentemente da passioni personali, e quindi parer superiore a quelle. Rispose, a un di presso, chè non mi rammento i termini precisi, ma sono sicuro del senso: « Ho visto alzarsi davanti a me la fantasima della guerra civile; e non ho creduto che la vita d'un uomo potesse esser messa in bilancia con la salute di un popolo. » Era uno che, riconoscendo d'avere operato contro coscienza, non credeva di fare una confessione, ma di proporre un esempio; uno che credeva d'essersi, con la sua tranquilla, antivedente e sovrana ragione, sollevato al di sopra... oh miserabile nostra superbia! al di sopra del diritto! Era la gran morale che ammazzava la piccola. Come la guerra civile sia stata schivata, non ci pensiamo: il torto non è nell'aver previsto male, ma nel sostituire a una legge eterna la previsione umana. Anzi, mi dimenticavo che non si tratta ora neppure di torto o di ragione, ma solamente dell'importanza della filosofia riguardo agli avvenimenti umani, in quanto dipendono dalle deliberazioni degli uomini. Era, dirò dunque, un uomo, non volgare, certamente, e tutt'altro che tristo, che, dopo aver parlato in quella maniera, s'era deciso a sentenziare in quell'altra, e sulla vita d'un altr'uomo, perchè regnava una teoria morale, messa in trono da una teoria metafisica.

SECONDO. - Regnava, dite? Che non è in vigore quella teoria? Anzi non è forse stata, in tempi più vicini a noi, esposta più scientificamente, e particolarizzata più simmetricamente in altri libri poco meno celebri di que' due, e attualmente più letti?

PRIMO. - Eccome! ma gli è che, in fatto di filosofia, molto più che in fatto d'amore, con bona pace di Messer Francesco,

Piaga, per allentar d'arco, non sana.

Ed è appunto per questo, che l'essere quella teoria metafisica, abbandonata come falsa, e messa oramai tra l'anticaglie, non basta. Per levarne di mezzo le conseguenze, ci vuole una vera, o piuttosto la vera teoria metafisica, quella del fatto, che metta fuori e stabilisca dell'altre conseguenze, opposte a quelle, incompatibili con quelle. Ma che dico, metta fuori? Si tratta qui forse di scoperte? C'è egli bisogno di dimostrare, d'insegnare alla massima parte degli uomini, che la giustizia è una cosa diversa dall'utilità, e independente da essa? Quando Aristide disse al popolo ateniese, che il progetto comunicatogli all'orecchio da Temistocle,, era utile, ma non giusto, fa inteso da tutti: sarebbe stato inteso ugualmente da qualunque moltitudine, in qualunque tempo. E sapete perchè? Perchè l'intelletto intuisce l'idea di giustizia e l'idea d'utilità, come aventi ognuna una sua essenza, una verità sua propria, e quindi come distinte, come inconfusibili, come due. La moltitudine, poi

Che apprese a creder nel Figliuol del fabro,

sa, o piuttosto queste tante e così varie moltitudini sanno di più (e lo dicono a ogni occasione, non in termini, ma implicitamente) che quelle due verità, quantunque distinte, si trovano, appunto perchè verità, riunite in una verità comune e suprema; sanno che, per conseguenza, non possono trovarsi in contradizione tra di loro; e riguarderebbero come stoltezza, non meno che come empietà, il pensare che la giustizia possa essere veramente e finalmente dannosa, l'ingiustizia, veramente e finalmente utile. E sanno ancora che, non solo queste due verità distinte sono legate tra di loro, ma una di esse dipende dall'altra, cioè, che l'utilità non può derivare se non dalla giustizia. Ma sanno insieme, che questa riunione finale non si compisce se non in un ordine universalissimo, il quale abbraccia la serie intera e il nesso di tutti gli effetti che sono e saranno prodotti da ogni azione e da ogni avvenimento, e comprende il tempo e l'eternità. E dico che lo sanno, perchè quest'ordine ha un nome che ripetono e che applicano a proposito, ogni momento: la Provvidenza. Sanno ugualmente, e non potrebbero non saperlo, che quest'ordine passa immensamente la nostra cognizione e le nostre previsioni; e sono quindi lontane le mille miglia dall'immaginarsi che, in un incognito di questa sorte, in un complesso di futuri, che per noi è un caos di possibili, si possa cercare nè l'unica nè la principale e eminente regola delle deliberazioni umane. Sanno che questa regola principale e eminente è data loro con la legge naturale, e con la legge divina che ne è il compimento da Quello a Cui nulla è incognito, perchè tutto è da Lui. E quindi, insieme a quell'ordine universalissimo, anzi in esso, ogni più rozzo cristiano vede, per quanto gli è necessario di vedere, un altro ordine particolare, relativo a lui, e del quale egli è suborditamente il fine: ordine ugualmente misterioso e oscuro, anche per lui, ne' suoi nessi e ne' suoi modi; ma chiaro per la parte che tocca a lui a prenderci, perchè illuminato da quella regola, seguendo la quale (e sa che Dio gliene darà il discernimento sicuro e la forza, se la chiede sinceramente) sarà giusto e quindi felice. Sa che Opus justi ad vitam, per quanto la strada che conduce dall'uno all'altro, sia scabrosa, e possa parer tortuosa, e spesso anche rivolta al termine opposto. Dove poi quella regola cessa d'essere direttamente applicabile, cioè ne' casi in cui essa non gli dà nè un comando, nè un divieto, lì trova da applicare la regola secondaria e congetturale degli effetti possibili e più o meno probabili, più o meno desiderabili. Regola incerta e fallibile, ma ristretta a cose dove lo sbaglio non gli può mai esser cagione d'un danno finale; dove, attraversando una riuscita infelice, continua la sua strada verso la felicità, quando sia stato guidato da una retta intenzione, e da quella prudenza, che ha certamente diversi gradi ne' diversi ingegni, ma che non si scompagna mai dall'intenzione veramente retta, anzi ne fa parte. A tale sapienza l'uomo è stato sollevato dalla rivelazione! E qual differenza da questo rozzo cristiano a quel Bruto che, al termine forzato della sua attività, esclama: O virtù, tu non sei che un nome vano! Certo, se la virtù ha per condizione l'indovinare tutti gli effetti dell'azioni umane, è un nome vano quanto la cabala. Certo, è un nome vano quella virtù che, deliberando se sia ben fatto il buttarsi addosso a un uomo, in figura d'amici, con de' memoriali in una mano, e de' pugnali sotto la toga, per levarlo dal mondo, non ascolta quel no eterno, risoluto, sonoro, che la coscienza pronunzia, anche non interrogata; ma decide in vece, che quell'azione è non solo lecita, ma santa, perchè è il mezzo di riavere de' veri consoli, de' veri tribuni, de' veri comizi, un vero senato. E come gli hanno avuti! Certo, la virtù è un nome vano, se la sua verità dipende dall'esito della battaglia di Filippi. Qual distanza, dico, dall'uomo che distrugge con una sentenza la virtù, idolo di tutta la sua vita, perchè una tal virtù era infatti un idolo, e il rozzo cristiano, il quale, non riuscendogli un bene che s'era proposto, sa che il bene non è perduto, ma convertito in un meglio! E appunto perché le moltitudini cristiane intendono così bene che la giustizia è essenzialmente utile, sono anche più lontane dall'immaginarsi che sia l'utilità medesima. Solo alcuni uomini anche dopo tanti secoli di cristianesimo, prendendo le mosse, non da verità intuite, ma da supposizioni sistematiche, e avvezzandosi così a figurarsi di vedere ciò che non è, hanno potuto, fino a un certo segno, non veder ciò che è, e che risplende al loro intelletto, come a quello di tutti gli uomini. Dico, fino a un certo segno; perchè quell'idea possono bensì combatterla nel loro intelletto, ma con patto che ci rimanga; e le parole «giusto» e «dovere» si può sfidarli a cancellarle, non dico dal vocabolario comune, ma dal loro. E non è questa stessa una manifestazione solenne del potere della filosofia sui fatti umani? Mettere degli uomini, e uomini della parte più istrutta dell'umanità, cioè di quella che, o direttamente o indirettamente, o col comando o con la persuasione, finisce a governare il rimanente, metterli, dico, in contradizione, non solo col sentimento generale, ma col loro proprio! E intorno a che? intorno alla regola preponderante e suprema delle deliberazioni umane: niente meno. E aggiungete, potere una filosofia esercitar questo impero, anche dopo essere stata dichiarata morta, e quando è creduta sepolta. Ma, cosa singolare! Se ci fosse qui a sentire qualcheduno di quelli che accennavate dianzi, di quelli ai quali pare una bizzarria dello spirito umano, una cosa da gente che viva nelle nuvole, il poter prendersela calda per delle quistioni filosofiche, in tempi di così grandi e pressanti vicende; sapete cosa direbbe ora? Direbbe: che novità vecchie viene a raccontare costui? Chi non lo sa, e chi non lo ripete, che il movente principale degli avvenimenti dell'epoca presente, è stata la filosofia? È la gran lode che le danno gli uni, il gran biasimo che le danno gli altri, val a dire il fatto che riconoscono tutti. Bisogna dire che viva nelle nuvole costui. — E il poter trovarsi insieme in una mente due giudizi così repugnanti, nasce dal dare al vocabolo «filosofia» due significati diversi, e tutt'e due tronchi e confusi. La filosofia, come, dietro l'indicazioni di qualche autore vecchio e bono, fu definita, con una formula precisa, da quello che presto chiameremo il nostro, è la scienza delle ragioni ultime. Definizione, come si vede subito, intera veramente e distinta, e che raccoglie e unifica le speciali applicazioni che il discorso comune fa di quel vocabolo. Infatti, l'assegnare a un concetto qualunque una ragione più o meno remota e non ancora osservata, e che si manifesta come applicabile ad altri concetti, de' quali viene così a formare una classe, non è egli quel modo d'operare della mente, che si chiama da tutti filosofico? E non è egli evidente, che una ragione qualunque non ha il suo intero e sicuro valore, che dall'essere definitiva? Ma l'intelletto umano non può, per la sua limitazione, vedere, nè molti particolari nelle cose, nè molte relazioni tra di esse, se non prendendo poche di queste cose per volta, e riducendole a delle ragioni che non sono ultime, se non riguardo a quel complesso speciale. Ragioni che possono esser fondate, perchè effettivamente, quantunque tacitamente, connesse e concordi con delle ragioni superiori e veramente ultime; e possono essere arbitrarie e false, perché opposte a queste, nella stessa maniera. Ora, è all'una o all'altra, o a una moltitudine indeterminata e fortuita di quelle ragioni condizionate, e secondarie, dependenti, anche quando siano vere, che gli uomini accennati danno il nome di filosofia, nel senso bono e onorevole. E quando vogliono lodarla bene, la chiamano filosofia pratica: filosofia, perchè subordina, o davvero o in apparenza, a una ragione comune, o fondata o arbitraria, un certo numero di concetti; pratica, perchè questi concetti sono più immediatamente applicabili ai fatti materiali. Ed è in vece la ricerca delle ragioni ultime, che essi chiamano filosofia in un senso di riprovazione, o almeno di compassione, per il motivo contrario, cioè perchè non ci si vede quell'applicabilità immediata. È come chi ridesse del primo anello della catena a cui è attaccata l'àncora, perchè l'àncora non è attaccata ad esso. Cosa se ne fa di questa metafisica? dicono: a cosa serve? A cosa? A cercare i fondamenti delle teorie, sulla fede delle quali si fa; a esaminare ciò ch'esse suppongono; a guardare ciò che danno per veduto; a cimentare, col paragone della filosofia, se sono filosofiche davvero; a mettere in luce e alla prova la metafisica, latente e sottintesa, della quale sono conseguenze, più o meno mediate, più o meno conosciute per tali... Volevo finire, e sarebbe ora; ma cosa volete? mi s'affaccia, anzi mi trovo tra' piedi un esempio così a proposito, del metter capo che fanno a quell'ultime ragioni le cose più disparate; che non posso lasciarlo andare. Ed è questa nostra discussione medesima. Dal disputare sull'invenzione artistica, siamo riusciti a parlare della giustizia. E, certo, non paiono, nè sono argomenti de' più vicini tra di loro: eppure, in ultimo, è sempre la stessa questione.

SECONDO. - Ancora dell'insidie? e contro un povero nemico, che oramai ha rese l'armi? Ditelo addirittura, che è una conclusione preparata e condotta da voi, ut illuc redeat, onde discessit, oratio.

PRIMO. - Questa volta no, davvero; e mi dispiacerebbe proprio, che credeste effetto d'un mio artifizio ciò che è un incontro naturale e spontaneo della verità con la verità. La nostra questione era: se un oggetto qualunque ideato da un artista fosse un prodotto della sua operazione, una creatura della sua mente, o avesse un essere suo proprio, anteriore ad essa, Inde-pendente da essa. E s'è trovato che quell'oggetto qualunque, non per alcuna relazione speciale con l'invenzione artistica, ma per la sua natura d'oggetto della mente, d'idea, aveva infatti questo suo essere, e un essere eterno, inalterabile, necessario. L'altra questione (non tra noi due, però) è ugualmente, se l'idea della giustizia sia o non sia un prodotto della mente, del ragionamento umano, e quindi si possa, o non si possa, trasformare, disfare, mettere al niente dal ragionamento medesimo. La differenza è nella qualità degli oggetti, cioè nell'essere uno una specie verosimile, l'altro una legge morale: l'identità è nell'essere e l'uno e l'altro oggetti dell'intelligenza, entità intuibili dalla mente, idee. E non per altro a questa questione si riducono quelle due così lontane l'una dall'altra per altri riguardi, se non perchè in essa è contemplata la ragione universale del valore dell'idee, e da essa dipende che una questione qualunque possa avere un oggetto vero, e essere, per conseguenza, capace d'una vera soluzione; giacchè, come si potrebbe arrivare a delle verità, se queste verità non fossero? È la questione prima e perpetua della filosofia con le filosofie o, per parlare esattamente, con que' tanti sistemi che, affatto opposti in apparenza, sono d'accordo nel tentare in diverse maniere lo stesso impossibile, cioè di far nascere l'idea dalla mente che la contempla; che è quanto dire, la luce dall'occhio, il mezzo necessario all'operazione, dall'operazione medesima. Sistemi, per conseguenza, i seguaci de' quali, anzi gli autori medesimi, quando vadano un po' avanti nell'applicazione, finiscono col fare della verità una cosa contingente e relativa, negandole esplicitamente i suoi attributi essenziali d'universalità, d'eternità, di necessità; perchè in effetto tali attributi non possono convenire a una cosa che sia stata prodotta. Ma qui mi sovvengono alcune parole sulla grande, o piuttosto incomparabile importanza d'una tale questione, che si trovano in questo stesso volume a cui v'ho già rimesso. E sapete? farò forse meglio a leggervele, che a dirvene su delle mie. L'autore, chiedendo scusa al lettore d'essersi trattenuto lungamente su quella questione, e chiedendogli insieme il permesso di trattenercisi ancora (che garbo ci vuole con questo svogliato, schizzinoso e impaziente, che si chiama il lettore!) dice così:

« Se dinanzi ai tribunali civili si presentano delle scritture più voluminose di questo stesso trattato, a difesa d'un po' di roba materiale, avente un pregio vilissimo in paragone della sapienza; perchè si disdegnerà ciò che noi troviam necessario di scrivere in una causa, dove difendesi nulla meno, che tutte le ricchezze intellettive e morali del genere umano? Le qual ricchezze pendono veramente tutte da un punto solo, dal sapersi cioè, se v'abbia o no una verità eterna, independente nell'esser suo dall'universo materiale, e di pari dall'uomo, e da ogn'altra limitata, per quanto eccellente natura.

« Tutto sta dunque, tutto si riduce in provare una cosa, che la verità non è un modo di qualche ente limitato; e se fosse, avrebbe perduto ogni pregio;tutto sta in provare ben fermo, come dicevo, che v'hanno degli esseri intelligibili,ai quali il nostro spirito è unito indivisamente, e pei quali solo può conoscere, e conosce tutto che ciò conosce.

« A provare una verità sì alta, qualunque parole non sarebbero soverchie giammai: perocchè ad essa tutte l'altre s'attengono... » E quelle ricchezze intellettive e morali, l'uomo può spenderle bene, anche senza conoscere, nè cercare l'inesuasta miniera donde gli vengono: può, dico, applicar rettamente l'ultime ragioni, per ciò solo che le sottintenda fermamente: senonchè l'applicazioni, in questo caso sono più circoscritte, e quelle ricchezze non possono essere accresciute di molto. Ma quando siano venute in campo delle dottrine, che, sconoscendo l'origine di quelle ricchezze, ne mettano in dubbio il valore, l'uso di esse ne è necessariamente turbato e sconvolto, in proporzione del credito che tali dottrine riescono ad acquistare. Dove le verità, che allignavano spontaneamente, siano state sterpate dall'errore, ci vuol la scienza a ripiantarle.

SECONDO. - In somma, bisognerà studiarla, questa filosofia.

PRIMO. - Fate di meno ora, se potete, con quelle poche curiosità che vi sono venute. Non fosse altro che l'ultima, quella che non v'ho nemmeno lasciata finir d'esprimere. « Tutte queste idee... » avevate intonato e in fatti, tante idee, tanti esseri eterni, necessari, immutabili, aventi cioè gli attributi che non possono convenire se non a un Essere solo, non è certamente un punto dove l'intelletto si possa acquietare. E nello stesso tempo, come negare all'idee questi attributi? E non v'è, dicerto, uscito dalla mente neppure quell'altro fatto altrettanto innegabile, e altrettanto poco soddisfacente, dell'esser tante di queste idee, comprese in una, che pure riman semplice, e che potete fare entrare anch'essa, in un'altra più estesa, più complessa; come potete da una di quelle farne uscire dell'altre; moltiplicando, per dir così, e diminuendo, a piacer vostro, questi esseri singolari, senza potere nè distruggerne, nè produrne uno. Ora, quando il tornare indietro è impossibile, e il fermarsi insopportabile, non c'è altro ripiego che d'andare avanti. Non è poi un così tristo ripiego. È con l'andare avanti, che si passa dalla molteplicità all'unità, nella quale sola l'intelletto può acquietersi fondatamente e stabilmente. E è col riprender le mosse dall'unità (giacchè non si tratta d'una quiete oziosa), che s'arriva, per quanto è concesso in questa vita mortale, a discerner l'ordine nella molteplicità reale delle cose contingenti e create. Del resto, la scelta non è tra l'adottare o il non adottare una filosofia qualunque, ma tra l'adottarne una piuttosto che un'altra, o che dell'altre. Dacché questa benedetta filosofia è comparsa nel mondo, non è possibile a quella parte degli uomini, che chiamiamo colta, il rimanerne affatto independente. V'entra in casa senza essere invitata. Non solo s'accettano a credenza e (n'abbiam visto un saggio) tante deduzioni di questa o di quella filosofia, che diventano poi norme per la pratica; ma s'accettano (in astrattissimo, s'intende) le filosofie intere. Ché, per quanto disprezzo si professi per quelle ragioni ultime bone a nulla, non può essere che i loro oggetti non si presentino alla mente, almeno come curiosità. La cognizione è una cosa di tanto uso, che, anche agli uomini più attaccati al sodo, e nemici delle questioni oziose, salta una volta o l'altra, il grillo di saper donde venga, e che fondamento abbia. E siccome le diverse filosofie fanno sempre girar nell'aria delle risposte a queste domande, così se n'afferra, o qua o là, ora qua, ora là, una che vada a genio. Vi sarà certamente accaduto di sentir qualcheduno dire: si diverta chi vuole a perdersi negli spazi immaginari della filosofia: per me non c'è altro di certo, se non quello che si vede, e quello che si tacca. È, mi pare, una filosofia, che ha il suo riverito nome. Un altro dirà in vece povera filosofia che si condanna a cercare quello che non si può trovare! il dubbio è la sola scienza dell'uomo. Che non è un'altra filosofia questa, e abbastanza conosciuta? Un altro dirà all'opposto: l'uomo crede certe cose inevitabilmente, irrepugnabilmente: che serve cercarne le ragioni? Il buon senso m'insegna di restringere l'osservazione e il ragionamento alle cose pratiche, dove il risultato può essere o un sì o un no. E non è anche questa un'applicazione d'una filosofia, o di due? Un altro dirà che è un'impresa pazza il cercare una ragione nelle cose, quando è chiaro che sono governate da un cieca fatalità. E anche questa, volendogli pur dare un nome, non si può chiamarla altro che filosofia; giacché, quantunque non sia altro che uno strascico di religioni assurde, religione non lo é più, nè par che lo possa ridiventare. Si bandisce la filosofia con dei decreti filosofici; si pretende d'esser padroni di sè, perché non si fa professione d'appartenere nominativamente a una scola; e s'è... L'ho a dire?

SECONDO. - Poichè siamo qui tra di noi.

PRIMO. - Servitori senza livrea. E appunto perché lo sono stato anch'io, e vedo che miseria è, non potevo sopportare che un uomo come voi continuasse a esserlo.

SECONDO. - Avete detto che studieremo insieme. È la condizione sine qua non, vedete! Mi ci metto, parte per amore, parte per forza; ma, voglio essere aiutato.

PRIMO. - Vi sto mallevadore che presto m'avrete a aiutare.

E voi, disse poi rivolgendosi a me: codesto ostinato silenzio non ci leva per la speranza che siate per prender parte, e una parte più attiva, anche a questo nostro novo studio.

- « Io canuto spettacolo? » risposi: Oportet studuisse. Però, meglio tardi che mai. E del non aver parlato, m'avete a lodare, perché fu per potervi stare attento bene. Anzi, ripresi, fatemi un po' vedere a che pagina si trova il passo che ci avete letto; perché m'ha fatta impressione.

Ecco qui, disse, presentandomi il volume, ch'era ancora aperto sul tavolino: pagina 500.

Dopo di ciò mi congedai, allegando una faccenda che non soffriva ritardo. Ed era quella di mettere in carta le cose che avevo sentite; ché la memoria aveva un bel da fare a tenerle insieme. E l'accorto lettore avrà certamente indovinato che l'aver voluto sapere il numero della pagina, fu per poter trascrivere il passo esattamente, e non risicare di commettere delle infedeltà, di cui potessi esser convinto.